인생은
늙어가는 것이 아니라 익어가는 것

인생은
늙어가는 것이 아니라 익어가는 것

단풍잎 고운 가을날 마주하는 그리운 사람과 사물에 관한 아름다운 기억

성재림

루이앤휴잇

삶의 속내를 드러내는 잠언 같은 가을 이야기

소설가 이효석의 가을은 이렇게 시작된다.

"화려한 초록의 기억은 참으로 멀리 까마득하게 사라져 버렸다."

그는 낙엽 타는 냄새를 좋아했고, 깊어가는 가을날 갓 볶은 원두를 내려 마시는 커피를 탐미했으며, 목욕을 즐겼다.

"목욕물 속에 전신을 깊숙이 담글 때 바로 천국에 있는 듯한 느낌이 난다. 지상 천국은 별다른 곳이 아니다. 늘 들어가는 집안의 목욕실이 바로 그것인 것이다. 사람은 물에서 나서 결국 물속에서 천국을 구경하는 것이 아닐까."

산과 바다, 화초를 사랑하고, 행복한 로맨스를 꿈꿨으며, 스키와 재즈, 원두커피를 탐미했던 작가 이효석. 그를 일컬어 가을의 문인이라는 사람이 적지 않다. 이는 그의 작품 중 가을을 소재로 하는 것이 그만큼 많기 때문이다. 사실 그는 알아주는 모던보이였다. 코피를 쏟아가며 글을 쓰면서도 겨울에 스키를 타러 갈 계획을 세웠는가 하면, 원두커피 한 잔을 즐기기 위해 10리 길을 걸어 다방에 갔으며, 재직하던 학교 교무실 한쪽 구석에서 베토벤에 심취하기도 했다. 또 밤이면 위스키를 마시며 클래식 기타를 연주했고, 기르던 고양이가 죽은 날에는 눈물을 흘리며 고양이의 영혼을 위로하기도 했다.

불볕의 여름이 어느새 사라지고 단풍잎 고운 가을이 성큼 다가왔다. 아침저녁으로 부는 바람에서는 제법 한기가 느껴진다. 열망으로 타올랐던 계절이 지나고 이제는 차분히 지나온 시간을 돌아볼 때다.

이 책은 이효석, 이태준, 김기림, 김유정, 이상 등 우리 문학을 대표하는 작가 열일곱 명이 쓴 가을에 관한 산문집으로, 책 여기저기에 그들이 전하는 가을의 낭만과 서정이 잘 그린 한 폭의 그림처럼 오롯이 펼쳐진다. 이에 책을 읽다 보면 때로는 그리움에 눈시울이 붉어지기도 하고, 또 때로는 이야기를 풀어가는 재치와 발랄함에 미소가 저절로 지어지기도 한다. 하지만 어느 것 하나 진한 여운이 남지 않는 것이 없어, 그들이 들려주는 이야기에 귀를 기울이다 보면 적지 않은 감동에 빠지게 된다. 또한, 삶의 속내를 드러내는 잠언 같은 그들의 이야기를 듣노라면 "인생은 늙어가는 것이 아니라 익어간다"라는 말이 맞는다는 생각이 든다. 그만큼 그들의 글 속에는 평생을 글쟁이로 살아왔던 그들의 지난했던 삶과 철학이 잔잔하게 흐르고 있다.

가을은 교훈을 준다. 그것은 다름 아닌, 열매를 맺기 위해 열심히 살았지만 버릴 건 버릴 줄 알아야 한다는 것이다. 만일 계절이 다 가도록 나뭇잎을 움켜쥐고 있다면 곱게 물들지도 못할뿐더러 갑자기 닥쳐온 추위에 마르거나 상하고 말 것이다.

우리 삶 역시 마찬가지다. 가질 때와 비울 때를 생각하지 않아 자신이 이루었던 많은 것을 잃는 경우를 더러 볼 수 있다. 그런 점에서 잠시, 커피 향과 같은 낙엽 태우는 냄새를 맡으며 인생의 의미에 대해서 다시 한번 생각해보는 시간을 갖는 건 어떨까. 지나온 삶을 되돌아보고, 그 의미를 되짚어볼 수 있는 뜻깊은 시간이 될 것이다.

가을이 점점 깊어가고 있다. 울긋불긋 단풍이 고운 것도 잠시, 이제 곧 있으면 겨울로 들어설 채비를 할 것이다.

이 가을 역시 우리 삶에 단 한 번뿐이다. 모쪼록 만끽하고 여유롭게 즐겼으면 한다. 이효석의 말마따나 "사람이 가을을 지배하는 것이 아니라 가을이 사람을 지배하여 사건을 갖게 하기 때문"이다.

〈추천시〉

가을에는

사랑하게 하소서.....

오직 한 사람을 택하게 하소서.

가장 아름다운 열매를 위하여 이 비옥한

시간을 가꾸게 하소서.

가을에는

호올로 있게 하소서.....

나의 영혼,

굽이치는 바다와

백합의 골짜기를 지나,

마른 나뭇가지 위에 다다른 까마귀같이.

_ 김현승, 〈가을의 기도〉 중에서

—
차
례
—

프롤로그　｜　삶의 속내를 드러내는 잠언 같은 가을 이야기

Part 1. 낭만 — 한 폭의 아름다운 수채화 같은

015　　낙엽을 태우면서　🍂　이효석

019　　낙엽기　🍂　이효석

029　　미른의 아침　🍂　이효석

032　　구도(構圖) 속의 가을　🍂　이효석

039　　단풍잎이 고운 9월　🍂　노자영

041　　첫가을　🍂　방정환

044　　코스모스의 가을　🍂　방정환

045　　가을 하늘　🍂　채만식

048　　청량리의 가을　🍂　채만식

050　　만경(晩景)　🍂　채만식

053　　산채(山菜)　🍂　채만식

057　　가을을 맞으며　🍂　최서해

068　　가을의 마음　🍂　최서해

079　　전원(田園)에서　🍂　계용묵

082   창공에 그리는 마음   이육사

085   백리금파에서   김상용

089   청량리   김기림

091   주을온천행   김기림

109   가을꽃   이태준

112   노신산방기   김용준

Part 2. 고독 ― 외로움이 찰지게 스며드는 가을밤

121   나와 귀뚜라미   김유정

123   밤이 조금만 짧았다면   김유정

129   행복을 등진 정열   김유정

133   추의(秋意)   박용철

135   한걸음 비켜서면   박용철

138   귀로 : 내 마음의 가을   김남천

142　　별똥 떨어진 데　🍃　윤동주

145　　달을 쏘다　🍃　윤동주

149　　애상(哀傷)　🍃　이효석

152　　단상(斷想)의 가을　🍃　이효석

157　　계절의 표정　🍃　이육사

165　　낙엽　🍃　노천명

168　　가을의 누이　🍃　김기림

170　　금화산령(金華山嶺)에서　🍃　계용묵

173　　고독　🍃　계용묵

176　　고독　🍃　이태준

178　　고적(孤寂)　🍃　최서해

180　　고독한 산책　🍃　노자영

183　　산책의 가을　🍃　이 상

186　　추등잡필(秋燈雜筆)　🍃　이 상

원저자 소개

가을의 입김이 만 가지 물건에 스치어 빛을 변해놓기 시작하였다.

나뭇잎도 변하고, 풀잎도 변하고……. 얌전하고 가냘픈 빛을 가진 애틋한 꽃들이 피었건만, 그래도 가을은 적막하고 쓸쓸한 생각을 자아낸다.

해가 저물고, 저녁 바람이 불어올 때 숲에서는 붉은 잎 누런 잎들의 애처로운 울음소리가 들리고, 거친 풀숲에서는 명 짧은 벌레들의 슬픈 노랫소리가 들려온다.

아아, 가을…… 쓸쓸하고 구슬픈 이야기를 해도 좋은 가을이 왔다.

Part 1. 낭만
한 폭의 아름다운 수채화 같은

"화려한 초록의 기억은 참으로 멀리 까마득하게 사라져 버렸다."

여기저기 흩어져 촉촉이 젖은

낙엽을 소리 없이 밟으며

허리띠 같은 길을 내놓고

풀밭에 들어 거닐어 보다

끊일락 다시 이어지는 벌레 소리

애연히 넘어가는 마디마디엔

제철의 아픔이 깃들었다

곱게 물든 단풍 한 잎 따들고

이슬에 젖은 치맛자락 휘싸쥐며 돌아서니

머언 데 기차 소리가 맑다.

_노천명, 〈가을날〉 중에서

낙엽을 태우면서

가을이 깊어지면 나는 거의 매일 같이 뜰의 낙엽을 긁어모으지 않으면 안 된다. 날마다 하는 일이건만, 낙엽은 어느덧 날고 떨어져서 또다시 쌓이는 것이다. 낙엽이란 참으로 이 세상 사람의 수효보다도 많은가 보다. 삼십여 평에 차지 못하는 뜰이건만, 날마다 시중이 조련치 않다. 벚나무, 능금나무…….

제일 귀찮은 것이 벽의 담쟁이다. 담쟁이란 여름 한 철 벽을 온통 둘러싸고 지붕과 연돌(煙突, 굴뚝)의 붉은 빛만 남기고 집 안을 통째로 초록의 세상으로 변해줄 때가 아름다운 것이지, 잎을 다 떨어뜨리고 앙상하게 드러난 벽에 메마른 줄기를 그물같이 둘러칠 때쯤에는 벌써 다시 지릅떠볼(눈을 크게 부릅뜸) 값조차 없는 것이다. 귀찮은 것이 그 낙엽이다. 가령, 벚나무 잎같이 신선하게 단풍이 드는 것도 아니요, 처음부터 칙칙한 색으로 물들어 재치 없는 그 넓은 잎이 지름길 위에 떨어져 비라도 맞고 나면 지저분하게 흙 속에 묻히는 까닭에 아무래도 날아 떨어지는 족족 그 뒷시중을 해야 한다.

벚나무 아래에 긁어모은 낙엽의 산더미를 모으고 불을 붙이면 속의 것부터 푸슥푸슥 타기 시작해서 가는 연기가 피어오르고, 바람이 없는 날이면 그 연기가 낮게 드리워서 어느덧 뜰 안에 가득히 담겨진다.

낙엽 타는 냄새같이 좋은 것이 있을까. 갓 볶아낸 커피 냄새가 난다. 잘 익은 개암 냄새가 난다. 갈퀴를 손에 들고는 어느 때까지든지 연기 속에 우뚝 서서 타서 흩어지는 낙엽의 산더미를 바라보며 향기로운 냄새를 맡고 있노라면 별안간 맹렬한 생활의 의욕을 느끼게 된다. 연기는 몸에 배서 어느 결에 옷자락과 손등에서도 냄새가 나게 된다.

나는 그 냄새를 한없이 사랑하면서 즐거운 생활감에 잠겨서는 새삼스럽게 생활의 제목을 진귀한 것으로 머릿속에 떠올린다. 음영과 윤택과 색채가 빈곤해지고 초록이 자취를 감추어 버린 꿈을 잃은 헌칠한 뜰 복판에 서서 꿈의 껍질인 낙엽을 태우면서 오로지 생활의 상념에 잠기는 것이다. 가난한 벌거숭이 뜰은 벌써 꿈을 매이기에는 적당하지 않은 탓일까. 화려한 초록의 기억은 참으로 멀리 까마득하게 사라져 버렸다. 벌써 추억에 잠기고 감상에 젖어서는 안 된다.

가을이다. 가을은 생활의 시절이다. 나는 화단의 뒷바라지를 깊게 파고 다 타버린 낙엽의 재를—죽어버린 꿈의 시체를—땅속 깊이 파묻고 엄연한(엄숙하고 점잖음) 생활의 자세로 돌아서지 않으면 안 된다. 이야기

속의 소년같이 용감해지지 않으면 안 된다. 전에 없이 손수 목욕물을 긷고 혼자 불을 지피게 되는 것도 물론 이런 감격에서부터이다. 호스로 목욕통에 물을 대는 것도 즐겁거니와 고생스럽게 눈물을 흘리면서 조그만 아궁이로 나무를 태우는 것도 기쁘다. 어두컴컴한 부엌에 웅크리고 앉아서 새빨갛게 피어오르는 불꽃을 어린아이의 감동을 가지고 바라본다. 어둠을 배경으로 하고 새빨갛게 타오르는 불은 그 무슨 신성하고 신령스러운 물건 같다.

얼굴을 붉게 데우면서 긴장된 자세로 웅크리고 있는 내 꼴은 흡사 그 귀중한 선물을 프로메테우스에게서 막 받았을 때의 그 태곳적 원시의 그것과 같을지도 모른다. 새삼스럽게 마음속으로 불의 덕을 찬미하면서 신화 속 영웅에게 감사의 마음을 비친다. 좀 있으면 목욕실에서 자욱하게 김이 오른다. 안개 깊은 바다의 복판에 잠겼다는 듯이 동화(童話)의 감정으로 마음을 장식하면서, 목욕물 속에 전신을 깊숙이 담글 때 바로 천국에 있는 듯한 느낌이 난다. 지상 천국은 별다른 곳이 아니다. 늘 들어가는 집안의 목욕실이 바로 그것인 것이다. 사람은 물에서 나서 결국 물속에서 천국을 구경하는 것이 아닐까.

물과 불 이 두 가지 속에 생활은 요약된다. 시절의 의욕이 가장 강렬하게 나타나는 것은 두 가지에 있어서다. 어느 시절이나 다 같은 것이기는 하나, 가을부터의 절기가 가장 생활적인 까닭은 무엇보다도 이 두 가지 원소의 즐거운 인상 위에 서기 때문이다. 난로는 새빨갛게 타야 하고, 화로의 숯불은 이글이글 되어야 하고, 주전자의 물은 펄펄 끓어야 한다.

백화점 아래층에서 커피 낱(원두)을 찧어서 그대로 가방 속에 넣어 가지고 전차 속에서 진한 향기를 맡으면서 집으로 돌아온다. 그러는 내 모양을 어린애답다고 생각하면서도 그 생각을 또 즐기면서 이것이 생활이라고 느끼는 것이다.

싸늘한 넓은 방에서 차를 마시면서 그때까지 생각하는 것이 생활의 생각이다. 벌써 쓸모 없어진 침대에는 더운 물통을 여러 개 넣을 궁리를 하고 방구석에는 올겨울에도 또 크리스마스트리를 세우고, 색전구도 장식할 것을 생각하고, 눈이 오면 스키를 시작해볼까 하고 계획도 해보곤 한다. 이런 공연한 생각을 할 때만은 근심과 걱정도 어디론지 사라져 버린다. 책과 씨름하고 원고지 앞에서 궁싯거리던 그 같은 서재에서 개운한 마음으로 이런 생각에 잠기는 것은 참으로 유쾌한 일이다.

책상 앞에 붙은 채 별일 없으면서도 쉴 새 없이 궁싯거리고 생각하고 괴로워하고 하면서, 생활의 일이라면 촌음(寸陰, 아주 짧은 시간)을 아끼고, 가령 뜰을 정리하는 것도 소비적이니 비생산적이니 하고 경시하던 것이 도리어 그런 생활적 사사(些事, 사소한 일)에 창조적인 뜻을 발견하게 된 것은 대체 무슨 까닭일까. 시절의 탓일까. 깊어가는 가을, 이 벌거숭이의 뜰이 한층 산 보람을 느끼게 하는 탓일까.

— 1938년 12월 《조선문학독본》

낙엽기(落葉記)

창 기슭에 붉게 물든 담쟁이 잎새와 푸른 하늘, 가을의 가장 아름다운 이 한 폭도 비늘구름(권적운. 높은 하늘에 그늘이 없는 희고 작은 구름 덩이가 촘촘히 흩어져 나타나는 구름)같이 자취 없이 사라져 버렸다. 가장 먼저 가을을 자랑하던 창밖의 한 포기 벚나무는 또한 가장 먼저 가을을 내버리고 앙클한(날카로운) 회초리만을 남겼다. 아름다운 것이 다 지나가 버린 늦가을은 추잡하고 한산하기 짝이 없다.

담쟁이로 폭 씌어졌던 집도, 초목으로 가득 덮였던 뜰도 모르는 결에 참혹하게도 옷을 벗어 버리고 앙상한 해골만을 드러내게 되었다. 아름다운 꿈의 채색을 여지없이 잃어버렸다.

벽에는 시들어 버린 넝쿨이 거미줄같이 얼기설기 얽혔고 마른 머룽송이 같은 열매가 함빡(분량이 차고도 남도록 넉넉하게) 맺혔을 뿐이다. 흙 한 줌 찾아볼 수 없이 푸르던 뜰에서는 지금 푸른빛을 찾을 수 없게 되었다.

나는 거의 날마다 뜰의 낙엽을 긁어야 된다. 아무리 공들여 긁어모아도 다음 날에는 새 낙엽이 다시 질펏이 늘어져 거듭 갈퀴를 들지 않으면 안 된다. 낙엽이란 세상의 인총(人總, 인구)같이도 흔한 것이다. 밑 빠진 독에 물을 긷듯 며칠이든지 헛노릇으로 여기면서도 공들여 긁어모은다. 벚나무 아래 수북이 쌓아 놓고 불을 붙이면 속으로부터 푸슥푸슥 타면서 푸른 연기가 모로 길게 솟아오른다. 연기는 바람 없는 뜰에 아늑히 차서 울같이 괸다. 낙엽 연기에는 진한 커피의 향기가 있다. 잘 익은 개금 맛이 있다. 나는 그 귀한 연기를 마음껏 마신다. 욱신한(여럿이 한데 많이 뒤섞여 몹시 수선스럽게 들끓음) 향기가 몸의 구석구석에 배어서 깊은 산 속에 들어갔을 때와도 같은 풍준한 만족을 느낀다. 낙엽의 연기는 시절의 진미요, 가을의 마지막 선물이다.

화단의 뒷자리를 깊게 파고 타 버린 낙엽을 재를 묻어 버림으로써 가을은 완전히 끝난 듯싶다. 뜰에는 벌써 회초리만의 나무들이 섰고, 엉성긋한 포도 시렁이 남았고, 담쟁이 넝쿨이 서리었고, 국화 포기의 글거리가 솟았고, 잡초의 시들어 버린 양이 있을 뿐이니 말이다. 잎새에 가리었던 둥근 유리창이 달덩이같이 드러나고, 현관 앞에 조약돌이 지저분하게 흩어졌으니 말이다.

낙엽을 장사 지내고 가을을 보내니 별안간 생활이 없어진 것도 같고 새 생활이 와야 할 것도 같은 느낌이 생겼다. 적어도 꿈이 가고 생활의 때가 온 듯하다. 나는 꿈을 대신할 생활의 풍만을 위하여 생각하고 설계하여야 한다. 가령, 나는 아내를 대신하여 거의 사흘돌이(사흘마다 한 번씩)로 목욕물을 데우게 되었다. 손수 수도에 호스를 대서 물을 가득 길어 붓고는 아궁이에 불을 넣는다.

음산한 바람으로 아궁이 연기를 몹시 낸다. 나는 그 연기를 괴로이 여기지 않는다. 눈물을 흘릴 지경이요, 숨이 막히면서도 연기의 웅덩이 속에서 정성껏 나무를 지피고, 불을 쑤시고, 목욕간의 창을 열어 연기를 뽑고, 여러 차례 나물을 저어 온도를 맞추고 하면서 그 쓸데없는 행동, 적어도 책상에 맞붙어 책을 읽고 글줄의 쓰는 것보다는 비생산적이요 소비적이라고 늘 생각하여 오던 그 행동을 도리어 귀히 여기게 되고, 나날의 생활을 꾸며 가는 그런 행동이야말로 가장 생산적이요 창조적인 것이라고까지 생각하게 되었다.

정리되지 못한 가닥가닥(여러 가닥으로 갈라진 모양)의 생각을 머릿속에 잡아넣고 살을 깎을 정도로 애쓰고 궁싯거리면서 생활 일에 단 한 시간 허비하기조차 아깝게 여기고 싫어하던 것이 생활에 관한 그런 사소한 잡일을 도리어 귀중히 알게 된 것은 도시 시절의 탓일까.

어두운 아궁 속에서 새빨갛게 타는 불을 보고 목욕통에서 무럭무럭 오르는 심을 바라보며 나는 이것이 생활이다, 이것이 책보다도 원고보다도 더 귀한 일이다, 이것을 귀히 여김이 반드시 필부의 옹졸한 짓은 아닐 것이며, 생활을 업신여기는 곳에 필부 이상 뛰어날 아무 이유도 없는 것이다, 하고 두서없는 긴 생각에 잠겨도 본다.

이윽고 더운물 속에 몸을 잠그고 창으로 날아 들어와 물 위에 뜬 마지막 낙엽을 두 손으로 건져 내고 안개같이 깊은 무더운 김 속에 몸과 마음을 푸근히 녹일 때 이 생각은 더욱 절실히 육체 속에 사무쳐 든다.

거리의 백화점에 들어가 그 자리에서 커피를 갈아서 손가방 속에 넣고 그 욱신한 향기를 즐기면서 집으로 돌아오는 것도 물론 이러한 생각으로부터이다. 진한 차를 탁자 위에 놓고 피어오르는 김을 바라보며 나는 그 넓은 냉방에다 난로를 피우고 침대 속에는 더운 물통을 넣고 한겨울 동안을 지내게 할까 어쩔까 그리고 겨울에는 뒷산을 이용하여 스키를 시작하여 볼까 어쩔까 하고 겨울 또 크리스마스트리를 세우기를 아내와 의논한다.

시절이 여위어갈수록, 꿈이 멀어져 갈수록 생활의 의욕이 두터워짐일까. 생활, 생활, 초목 없는, 푸른 빛 없어진 멀숭하게('멀쑥하게'의 잘못. 지저분함 없이 훤하고 깨끗함) 된 집 속에서 나는 하루의 전부를 생활의 생각으로 지내게 되었다. 시절에 대한 반감에서 나온 것일까. 심술궂은 곁머리에서 나온 것일까.

푸른 시절은 일종의 신비였다. 푸른 초목에 싸인 푸른 집 속에서 머릿속에 떠오른 제목은 반드시 생활이 아니었다. 그날그날은 토막토막의 흐트러진 생활의 조작이 아니요, 물같이 흐른 꿈결이었다.

푸른 널을 비스듬히 달고, 가는 모기둥으로 괸 갸우뚱한 현관 차양에도 담쟁이가 함빡 피어올라 이른 아침이면 넓은 잎에 맺힌 흔한 이슬방울이 서리서리 모여 아랫잎 위로 뚝뚝 떨어지는 소리를 듣기란 산골짜기 물소리를 듣는 것과도 같아서 금시에 시원한 산의 영기를 느끼게 되었다. 머루 다래의 넝쿨 대신에 드레드레(물건이 많이 매달려 있거나 늘어져 있는 모양) 열매 맺힌 포도 넝쿨이 있고 바람에 포르르르 나부끼는 사시나무 대신에는 비슷한 잎새를 가진 대추나무가 있다. 뜰은 그림자 깊은 지름길만을 남겨 놓고는 흙 한 줌 보이지 않게 일면 화초에 덮이었다. 장미, 글라디올러스, 해바라기, 촉규화(접시꽃), 맨드라미, 반금초, 금잔화, 제비초, 만수국, 플록스, 달리아, 봉선화, 양귀비, 채송화의 꽃밭이 소나무, 벚나무, 버드나무, 황양목, 앵두나무, 대추나무, 능금나무, 배나무의 모든 나무와 어울려 뜰은 채색과 광채와 그림자의 화려한 동산이었다.

유리창에까지 나무 그림자가 깊고, 방안까지 지천으로 푸른빛이 흘러 들었다. 화단에는 나비와 벌이 날아들고, 풀숲에는 가을벌레들이 일찍부터 울기 시작하였다. 나뭇가지에는 새들이 몰려오고, 집에는 진귀한 손님이 왔다. 아름다운 것은 진실로 비늘구름과 같이 쉽게 지나가 버렸다. 나뭇잎이 가고, 푸른빛이 없어지고, 그늘이 꺼져 버렸다. 지금에는 벌써 벌레도 울지 않고, 나비도 날지 않고, 헐벗은 나뭇가지에는 새들도 드물게 앉게 되었다. 지난 시절의 기억이 머릿속에 아리숭하게('아리송하게'의 잘못. 그런 것 같기도 하고 그렇지 않은 것 같기도 하여 분간하기 어려운) 멀어졌다. 꿈이 지나고 생활의 때가 왔다. 손수 목욕물을 끓이고 차를 마시게 되었다. 그러나 나머지의 향기라는 것이 있다. 파도의 물결이 길게 주름 잡혀가듯이, 꺼진 음악의 멜로디가 오래도록 귀에 울려오듯이, 푸른 집과 푸른 뜰의 향기가 아련하게 남아서 흘러온다.

횟출하고('횟칠하고'의 잘못) 쓸쓸한 뜰에서 한 떨기의 푸른 것을 발견한 것을 나는 더없이 신기하고 아름답게 여겼다. 꿈의 찌꺼기이므로 꿈보다 한결 더 귀하게 여겨짐인지도 모른다. 화단 한구석에 남은 푸른 클로버의 한 줌을 말함이 아니요, 현관 양편 기둥에 의지하여 창 기슭으로 피어올라 간 두 포기의 줄기 장미를 나는 의미한다. 단(單, 하나) 줄의 장미이던 것이 어느결에 자랐는지 낙지 다리같이 가닥가닥 솟아올라 제법 풍성한 포기를 이루었다. 민출한 푸른 줄기에 마디마다 조그만 생생한 잎새를 달고 추위와 서리에도 상하는 법 없이 장하게 뻗어 올랐다. 신선한 야채에서 오는 식욕을 느끼어 잘강잘강 먹고 싶은 충동을 금할 수 없다. 창 기슭으로 올라와 창에 어린 맑은 잎새와 줄기, 푸르면서도 붉은 기운을 약간 띤 줄기와 가시, 붉은 가시의 생각이 문득 나에게 한 폭의 환상을 일으킨다. 깊은 여름밤, 열어젖힌 창으로 나의 방에 들어오다 장미 줄기에 걸리고 가시에 찔려 하얀 팔과 다리에 붉은 피를 흘리는 낯모르는 임의의 소녀 —— 가시와 소녀와 피 —— 이것은 한 폭의 꿈일는지도 모른다. 글로 썼거나 머릿속에 생각하여 본 한 폭의 아픈 환영일는지 모른다. ——가시와 소녀와 피!

그러나 꿈 아닌 환영(幻影) 아닌 피의 기억이 있다. 장미의 붉은 줄기와 가시에서 나는 문득 지난 기억을 선명하게 풀어낼 수 있다. 나머지 꿈의 아픈 물결이다.

무르녹은 여름 하룻날 아침 일찍이 가족과 함께 집을 나와 뒷산으로 소풍을 떠났다. 여름은 짙고 송림 속은 그윽하였다. 드뭇한(사이가 촘촘하게 많은) 소풍객 속에 섞여 그림자 깊은 길을 걸으면서 동물원에 들어갈까,

강에 나가 배를 타고 하루를 지울까 생각하다 결국 동물원에 들어가기로 하였다. 짐승들의 표정 없는 얼굴을 보고 잠시라도 근심을 잊어 보자는 생각이었다. 그러나 이 비위 좋은 생각은 여지없이 짓밟히고야 말았다. 동물원이라고는 하여도 이름만 있을 뿐이지 운동장과 꽃밭 한구석에 덧붙이기로 우리(짐승을 가두어 기르는 곳) 몇 간이 있을 뿐이다. 물새들이 못이 되고, 원숭이와 독수리와 곰의 우리가 있을 뿐이다. 비극은 곰 우리에서 왔다.

드문 사람 속에는 휘적휘적 우리와 우리 사이를 돌아치는 요정의 머슴 비슷한 한 사람의 젊은이가 있었다. 큰 눈이 둥글둥글 굴고 입이 반쯤 열린 맺힌 데 없는 허술한 사나이는 번번이 일행 앞에 서서 우리 안의 짐승을 희롱하곤 하였다. 제 흥도 제 흥이려니와 그 어디인지 그런 철없는 거동을 우리에게 보이고자 하는 듯한 허물없고 어리석고 주책없는 생각이 숨어 있음이 눈치에 보였다. 원숭이를 희롱할 때도, 새들을 들여다볼 때도 너무도 지나쳐 납신거리는 것을 우리는 민망히 여기는 끝에 나중에는 불쾌하게까지 생각하게 되었다.

불쾌한 감정은 곰의 우리 앞에 이르렀을 때 극도에 달하였다. 철망 사이로 손을 널름널름 들여보내면 검은 곰은 육중한 몸을 끌고 와서 앞발을 덥석 들었다. 희롱이 잦을수록 곰은 흥분하여 나중에는 일종의 분에 타오르는 듯한 험상스러운 기세를 보였다. 고개를 끄덕이며 우리 안을 대중없이 왔다 갔다 하면서 기회를 노리는 눈치였다. 몇 번째인가 사나이의 손이 다시 철망 사이에 들어갔을 때 짐승은 기어이 민첩하게 왈칵

달려들어 앞발로 손을 잡자마자 입을 대었다.

사나이는 문득 꿈틀하며 소리를 치고 손을 빼려 애썼으나 손은 좀체 빠지지 않았다. 겨우 잡아뇄았을 때는 무서웠다. 손가락 끝이 보기에도 무섭게 바른 형상을 잃어버렸었다. 손톱이 빠지고 끝이 새빨갛게 으끄러졌다. 사나이는 금시에 얼굴이 파랗게 질리고 두 눈이 휘둥그레지며 넋 잃은 사람같이 한참이나 멍숭하게 섰다가 비로소 피 흐르는 손을 쥐고 어쩔 줄 모르고 쩔쩔 헤매었다.

민망한 생각도, 불쾌한 느낌도 잊어버리고 우리는 순간 무서운 구렁 속에 휩쓸려 들어갔다. 신경을 퉁기는 찌릿한 느낌이 전신에 끔찍한 꼴을 더 보기도 싫어서 주저하고 있는 동안 사나이는 사람 숲에 쓸려 문을 나가 나무 그늘 아래 쩔쩔매고 서 있는 것이었다.

이윽고 나가 보았을 때는 근처 집에서 얻어온 석유에 손가락을 잠갔다가 반석 위에 내놓고 피 흐르는 손가락을 돌멩이로 찧는 것이다. 말할 수 없이 미련한 그 거동이 도리어 화가 버럭 날 지경으로 측은하였다. 그러나 생각하면 그의 그 어리석고 철없는 거동이 우리의 눈을 위한 것임을 생각하면 얼마간의 허물이 우리 편에 있듯이 짐작되어 마음이 더한층 아파졌다. 될 수 있는 대로의 것을 그에게 베풀어야 할 것을 느끼고 나는 속히 집으로 데려가서 응급의 소독을 해줄까 느끼다가 그보다도 떳떳한 방법을 생각하고 급스러운 어조로 소리쳤다.

"얼른 병원으로 뛰어가시오."

그러나 소리만 치고 쩔쩔매기만 하는 나보다 훨씬 침착한 구원자가 있음을 알았다. 아내였다. 그는 지니고 있던 새 손수건을 내서 붕대 삼아 사나이의 피 흐르는 손을 감기 시작하였다. 사나이는 천치 같은 표정에 손을 넌지시 맡기고 있었다. 나는 오래간만에 아내의 날렵한 자태에 접하여 아름다운 생각을 금할 수 없었다. 지나친 감상이었을까.

병원을 뛰어 주기는 하였으나 사나이에게 그만한 능력이 있을 수 없음을 깨닫고 주머니 속을 들추다가 나는 또한 그날 지갑을 잊은 것을 알았다. 집에까지 가서 비용을 가지고 그를 병원에까지 인도하려고 생각할 때에 이번에도 또 아내가 진실한 구원자가 되고 말았다. 지갑 속에서 손쉽게 은화 한 닢을 잡아 내어 사나이의 손에 쥐여 주는 것이었다. 나는 다만 물끄러미 그의 자태를 바라볼 뿐이었다. 한 사람의 모르는 사나이를 구원함에 공연한 마음의 주저뿐이었고, 결국은 두 번 다 앞을 가로채이고 길을 빼앗긴 것을 생각하고 겸연쩍은 마음을 금할 수 없었다. 이제 나에게는 마지막 한 가지의 봉사만이 남았을 뿐이었다. 그 천치 같은 사나이를 근처 병원으로 인도함이었다. 나는 병원을 가리켜 주는 길로 아울러 집에 들러 지갑을 가지고 반날의 뱃놀이를 떠나기를 계획하며 아이들을 송림 속에 남겨 둔 채 사나이를 이끌고 길을 걸어 내려갔다.

아름나운 장년이 머릿속에 쉽사리 꺼지지 않았다. 흰 손수건과 붉은 피가 아름다운 한 폭을 이루었다. 피와 수건의 붉은 것과 흰 것의 조화가 맑고 진하게 오래도록 마음속에 물결치게 되었다.

수풀 속을 거닐 때마다 기억이 새로워지고 반석 위에 피 흔적을 살필 때마다 지난 때의 광경이 불같이 마음속에 살아났다. 근처 집에서 사나이의 그 뒤 소식을 물어 무사하다는 것을 듣고 일종의 알 수 없는 안심조차 느꼈다. 시절이 갈려 가을이 짙고 수풀 속에 낙엽이 산란하게 날릴 때 오히려 기억은 더 새로웠다.

가을이 다 지난 흙빛만의 뜰에서 잠시 잊었던 피의 기억을 장미의 붉은 가시로 말미암아 다시 추억해낸 것이다. 마음을 빛나게 하는 생생한 추억…… 늦게까지 남아 있는 장미 포기와 함께 늦가을의 귀한 마지막 선물이다.

푸른 집 속에 남은 철 늦은 꿈의 물경이다.

생활의 시절이 단란의 때가 왔다.

어린것을 데리고 목욕물 속에 잠기는 것도 한 기쁨이 되었다.

크리스마스트리에 오색 전기를 장식하고 많은 선물을 달아맬 것도 한 즐거운 기대다. 책상 위에는 그림책을 펴놓고 허물없는 꿈에도 잠길 수 있는 것이다.

가난한 재료로 될 수 있는 대로의 풍성한 꿈이 이 시절에 맡겨진 과제이다. 생활의 재주이다. 낙엽의 암시이다.

_1937년 1월 《백광》 제1호

마른의 아침

　교실의 가을도 역시 임금(林檎, 능금, 즉 사과)에서 시작되는 듯하다. 이른 아침 첫 시간 강의가 막 시작되려 할 때 학도(학생)의 주머니 속에서 별안간 익은 능금 한 개 어떻게 된 서슬엔지 솟아 나와 비스듬히 경사진 교실을 굴러 내려 교탁 앞까지 이르자, 학도는 기겁을 할 듯이 일어나서 그 주책없는 가을의 앞잡이를 황급하게 주머니 속에 수습하고 겸연쩍은 얼굴로 다시 자리에 앉았다. 교실 안에는 웃음이 터지고, 어린아이 아닌 그 학도의 얼굴은 약간 붉어졌다. 실게 자란 그의 머리와 안경, 가까이 보면 수염까지 있을는지 모를 그의 얼굴이 새삼스럽게 바라보였다. 허물없는 그 한 폭의 정경은 문과 교실만이 가질 수 있는 것인지도 모르나, 어떻든 교실의 가을과 가을의 웃음이 그 한 개 능금에서 온 것도 한 아름다운 시절의 인연인 듯하다.

창밖에는 가을 하늘이 맑고 누르게 물든 백양나무가 깨끗하다. 후정(後庭, 학교 뒤쪽에 있는 뜰)에는 반세기나 자란 아름드리 사탕단풍의 가을 풍채가 풍준하고, 시들은 잔디 속에 푸른 목초가 선명하고, 먼 운동장 기슭에서는 풀 먹는 양의 자태가 희고 외롭다. 학교 문제가 어지러운지 벌써 해를 거듭하였다. 근심이 있고 파란이 있고 곡절이 굽이쳤다. 그러나 지내 놓고 보면 결국 모든 것이 마음의 문제였고 객물은 아직 그대로 남아 있을 뿐이다. 마음의 설렘을 비웃는 듯이 모든 것은 그대로다. 수목도 그대로요, 교실도 그대로요, 수업도 여전히 계속된다. 마음에 비길 때, 객물은 항상 침착하고 냉정하고 더디다. 문밖에서 아무리 설레든 간에 가을 교실에는 가을의 수업이 있을 뿐이다.

능금과 웃음으로 시작된 교실에서 읽을 가장 적당한 교재는 미른(Alan Alexander Milne, 극·동화·추리소설 세 분야에 걸쳐 발자취를 남긴 영국 작가)의 수필인가 한다. 혹은 미른의 수필 그것이 그 정도의 마음 준비로 읽어서 족한 것이라고 하여도 좋을는지 모른다. 불손한 말이 아니라 그의 문학적 성격이 그것을 암시하는 것이다. 계절을 말하고 생활을 적을 때 그는 투명한 필치와 정리된 문장 속에 항상 가벼운 웃음과 명랑한 재기(재주)를 준비한다. 지나쳐 험상궂고 엄숙하고 심각하지 않은 부드럽고 간명한 유머 속에 인생의 진실을 찾으려고 하는 것이 그의 문학적 태도인 듯싶다. 그래서 바다를 말하고, 여름을 말하고, 과실을 말하고, 가을을 이야기하고, 노변(爐邊, 화로나 난로가 놓여 있는 주변)의 정서를 이야기할 때, 그 어느 구절에도 가벼운 생활의 실감이 있고 웃음의 매력이 있음을 본다.

가을을 적을 때 그는 굳이 단풍과 이른 아침의 싸늘한 감촉과 안개 낀 저녁을 말하지 않는다. 간밤의 식탁에 놓였던 한 대의 셀러리에서부터 가을 이야기를 풀어낸다. 흰 접시에 푸른 셀러리를 담고 그 속에 한 조각의 빵과 한 덩이의 버터와 한 모서리의 치즈를 담은 풍취를 말하고 겹겹으로 펼쳐진 셀러리의 아취(雅趣, 고아한 정취 또는 그런 취미) 고술고술('고슬고슬'의 잘못. 털 따위가 조금 고불고불하게 말려 있는 모양)한 흰 싹이 이 사이에 바작바작 씹히는 감각과 그 풍미에 — 그는 가을의 진짜 맛을 느낀다. 셀러리의 풍취가 있기 때문에 그는 벌써 즐거운 여름이 지나가는 것을 슬퍼하지 않는다. 가을을 즐기고 이어 닥쳐올 겨울을 침착하게 기다리겠다고 장담한다. 맑은 날과 긴 저녁과 즐거운 노변을 찬미한다.

투명한 행문(行文, 그 글)에서 우러나오는 가을의 감각으로 아침 교실은 맑고 즐겁다. 문밖이 아무리 설레든 간에 교실 안만은 항상 침착하고 성스럽다. 미른의 수필과 함께 요란한 속에 있는 교실의 운명이 더욱 즐거워 가고 길이길이 영광스럽기를 빈다.

"······ Life shall be lived well. The end of summer is not the end of the world. Here ' s to October—and, waiter some more celery."

—1938년 1월《삼천리문학》

구도(構圖) 속의 가을

—인물 있는 가을 풍경

도회에서 가을은 신경으로부터 드는 듯하다. 아직도 낮의 거리는 무덥고, 가로수는 물들지 않았건만, 그 어디인지 가을을 느끼게 되는 것은 도회인으로서의 민첩한 신경 때문이다. 하기는 초목이 드문 속에서도 언제부터인지 아침저녁으로 벌레 소리가 요란해졌고, 과실점(과일가게)에는 분가루를 쓴 포도가 송이송이 탐스럽기는 하다.

아침 교실에서 맑은 정신으로 강의받는 학도의 주머니 속에서 무슨 실책으로인지 붉게 물든 능금 한 개가 또르르 굴러 내려 별안간 교실 안의 미소를 자아내게 한 그 허물없고 귀여운 한 폭의 정경 속에서도 첫가을의 호흡이 보이지 않는 바는 아니다. 그러나 이렇게 드물고 빈약한 소재보다는 역시 재빠르게 가을을 느끼는 마음, 그것이 도회의 가을을 실어

오는 듯하다.

　지금 벽 속에서 느끼고 있는 가을은 거의가 기억 속의 가을이다. 한여름을 지내고 온 시골의 들, 늦은 볕이 쨍쨍 쪼이던 수수밭, 조이밭(조밭을 일컫는 함경도 방언), 베인 후의 글거리(줄기 또는 그루터기를 뜻하는 함경도 방언)만 남은 옥수수밭, 그 옥수수단을 실은 술기(수레의 함경도 방언)를 끌고 오 리 장간이나 되는 곧은 벌판을 타박타박 걸어가던 망아지보다도 작은 당나귀.

　별안간 사람의 그림자가 줄자 곧게 움츠러든 듯한 바다…… 싸리 꽃 피고 다래 넝쿨의 아래편 잎새 두어 잎 누르게 물들었던 지협의 길가 ─ 닫는 차 속에 바라보이는 고원 일대에는 잡초 속에 죽 뽑아 난 새 풀 이삭이 간들간들 흔들렸다. 덕원(德源)에서 올랐다가 고산(高山)에서 내려 멀리 바라보이는 산 밑의 뾰족한 교회당을 향하여 길을 찾던 흑의(黑衣)의 법사의 뒷모양에도 그 어디인지 가을의 기색이 흘렀고…… 의정부에서 오르는 산책객의 손에는 각각 까스런 가시 밤송이가 들렸었고, 관서 평야에서는 무거운 벼 이삭이 기름지게 누웠었다. 기억의 가을이 눈앞에 방불하여 두말없이 그것이 도회의 가을의 감정을 돋는다. 늘 같은 건축, 같은 길, 같은 도구의 도회 ─ 가을의 소재가 결핍한 거리의 복판에서는 별 수 없이 기억 속에서 가을의 인상이 올 수밖에는 없다.

　대양을 건너온 신간 희곡서 속에서 먼저 계절을 찾으려고 애쓰는 마음 ─ 역시 도회의 것이 아닌가 한다. 3막의 서곡 〈여름도 마지막〉에서는 제1막과 2막의 여름 후에 3막의 가을이 온다.

　북부 메인에 있는 프로딩햄만의 여름 별장 베이 카테지의 베란다 방.

고전의 아름다운 가구로 곱게 치장한 방. 방 안을 꾸민 보풀 무명 보재들이 약식의 기분을 준다. 아름다운 5월의 오후, 후원으로 열린 창으로 막 잎이 피기 시작한 백화와 단풍나무가 보인다. 칡과 담장이 넝쿨이 자연석 돌담으로 뻗었다. 멀리 바다가 바라보인다.

이 여름의 첫 막이 있기 때문에 셋째 막의 가을은 인상적인 것이다.

"늦가을 나무들은 물들었다. 치자나무(슈우맥)가 찬란하고 붉은 가을 꽃을 달았다."

물든 나무와 붉은 꽃의 인상이 얼마나 선명한가. 이 선명한 인상은 신록의 백화와 단풍나무와의 대조에서 오는 것이다. 1막에서 3막으로의 비약에서 오는 것이다. 눈앞에 무대 면이 보이는 듯도 한—가을의 묘사로 이 한 토막 정경은 거의 완벽에 가깝다. 이 희곡에 있어서 참으로 중요한 것은 이 계절의 인상이니, 사건의 내용은 계절에 따라 제물에 생기는 것이다. 사건이 계절을 규정하는 것이 아니라 계절이 사건을 필요로 하는 것이다. 인물이 가을을 지배하는 것이 아니라 가을이 인물로 하여금 사건을 가지게 하는 것이다.

수목과 화초의 뜰을 버리고, 잠시 항간의 독거(獨居, 홀로 지냄)에 몸을 던지고 있는 까닭에 당금(바로 이제) 가을의 정감이란 별수 없이 신경을 가지고 기억과 서책에서 알뜰히 수입하여 오는 것뿐이다. 인물을 배치한 가을의 풍경에 이르러서는 더한층 그러하다. 군이 신변의 가을을 구하려면 방에서 조석(朝夕)으로 내다보이는 눈앞의 한 폭을 들 수밖에 없다. 전폭의 창으로 내다보이는 행길(사람이 많이 다니는 큰길) 건너편 집의 후원—

아마도 이름 있는 요정인 듯이는 짐작되나 확실한 것은 밝혀지지 않음이 운치 있는 것이므로 나는 아직도 그 정체를 모른다. 단청이 날아 난 고풍의 후문으로 들여다보이는 조촐한 후정의 모양은 그대로가 한 폭의 그림과도 같다.

단청의 대문과는 반대로 내부의 의장은 근대적이어서 푸른 돌에 흰 돌을 박은 아롱진 포도 맞은편으로는 좌우를 연결하는 회랑이 가로 허공에 둘렸고 그 건너편이 짜장(과연 정말로) 후원인 듯이 넓은 줄로 짐작된다. 포도 옆으로는 조약돌을 편 속에 분재의 상록수와 청죽이 있고 등롱이 달리고 석탑이 섰고 회색 벽에서는 담장이가 뻗어 올라 두서너 잎새가 불그스름하게 물들었다. 다른 것은 다 그만두고라도 이 물든 담장이와 푸른 댓잎과 불빛이 유난히도 붉은 등롱은 확실히 초가을의 것이다.

저녁때가 되어 동자가 포도를 물로 씻고 조약돌과 상록수에 물을 끼얹은 후 저녁 불이 들어와서 살구씨 형상의 문등(門燈, 대문에 다는 등)이 제물에 켜지고, 이윽고 등롱마저 불이 달리면 조락한 뜰 안은 항간의 것이 아닌 듯이 맑고 푸르게 빛난다. 바라만 봐도 시원한 가을의 특수경이다.

말할 것 없이 대문의 농속에 그려진 깨끗한 한 폭의 구도요, 기치(幾置)된 무대 면이다. 무대 면이라면 그렇게 꼭 째인 무대 면은 드물 듯하다. 안팎 뜰과 덩그런 회랑과 회랑의 좌우에 숨은 보이지 않는 방들—그 복잡하고 은근한 구석구석에 인물을 얼마든지 등장시켜 농간을 부릴 수도 있고 이야기를 구밀 수도 있는 것이다. 연출가에게는 참으로 수연(垂涎, 탐내어 갖고 싶어 함)의 장면일 듯하다. 그러나 연극이라는 것이 도시(이러니저러니

할 것 없이 아주) 극작가의 발명으로 되는 것인지 현실에 있어서는 그렇게도 째인 무대 면을 준비해 놓았음에도 아기자기한 연극이 눈앞에서 좀체 일어나 주지 않는 것이다. 날마다 저녁만 되면 허다한 인물들이 —— 특히 여역(女役)들이 수많이 등장하면서도 종시 사건이 일어나지 않는다. 이루 한두 사람이 아니요, 다섯 열 수많은 분장의 여인들이 이따금 빈객을 보내고 맞이함인지 회랑을 중심으로 빈번히 움직이는 것이 보이나 끝내 이렇다 할 감동적 대목에는 이르지 않는다.

각색 의상으로 단장한 여군(女群) —— 끌리는 옷자락이며, 드러난 목덜미며, 하얀 발목이며, 깨끗하고 아름답지 않은 것이 없다. 검은 머리에는 구슬이 희고, 연지의 교소(嬌笑, 요염한 웃음) 속에 또한 구슬을 머금었다. 그 아태(雅態, 고상한 모습)로도 사건을 빚어내지는 않는다. 가령, 회랑 저편과 이편에 한 쌍이 마주 서서 그들만의 그 무슨 언약을 한다든지 상록수 아래 서서 속삭여 본다든지 하는 정도의 건도 없는 것이다.

발뷰스(앙리 바르뷔스, 프랑스의 소설가)의 《지옥》에서 가난한 은행원이 여관방 벽 틈으로 이웃 방의 군상의 연향(戀向, 사랑을 나누는 장면)을 은밀히 바라보는 그런 심사로는 아니나 나는 눈앞의 한 폭의 움직임을 흥미를 가지고는 바라본다. 될 수 있는 대로 가을이 그 속 인물들로 하여금 놀라운 사건을 빚어내게 하기를 기대하며 그 구도가 생생하게 발전하기를 바란다. 이 기대가 어그러지지 않을 때 이 과제의 답안도 완전할 것이나 지금은 아직도 미완성의 것임을 슬퍼하여 우선 무대로 향한 창을 닫는다.

_1937년 10월 17일~19일《동아일보》

단풍잎이 고운 9월

천고마비(天高馬肥)의 좋은 가을이 왔다. 포도는 검고, 감은 붉어 색채가 선명하고, 그 위에 나무마다 단풍이 들기 시작하여 온누리가 풍만과 자랑으로 물들었다.

사랑하는 동생아, 몸 편안하고, 아버님과 어머님 모두 안녕하시냐? 나는 학교에서 무사히 지내고 있지만, 고향이 그립고, 부모님과 네가 그립다. 언제나 눈만 감으면 고향 하늘이 눈에 비치고 부란강과 오봉산이 눈에 나타난다. 지금쯤 부란강에서는 살찐 잉어가 꼬리를 치고, 오봉산에는 단풍이 붉기 시작하겠지.

가을은 더구나 노스탤지어(향수)를 돋우는 계절인가보다. 내 마음이 자라고 내 몸이 큰 내 고향은 언제나 내 마음의 창문에서 떠나지 않는구나. 아! 내 마음의 새가 늘 뛰고 날던 추억의 옛 터전……

동생아, 나는 학교에서 우등생의 한 사람으로 어깨를 뼈긴다(얄미울 정도로 매우 우쭐거리며 자랑하다). 우리 집 전통과 명예를 더럽히지 않기 위해서 나는 언제나 부지런히 공부하고, 우등생 자리를 빼앗기지 않으련다. 너도 힘써 공부하여라. 너도 내년이 졸업이니 상경하여 같이 공부하면 그리 쓸쓸하지는 않을 듯하다.

형은 엊그저께 북한산으로 단풍 구경을 갔었으나, 그 단풍이 우리 고향 오봉산의 단풍만 하지 못하여 그리 흥미를 느끼지 못하였다. 그리고 나는 요사이 조그만 '라디오'를 하나 샀다. 퍽 재미있다. 이것으로 객창(客窓, 객지살이)의 울적한 마음을 잊으며 늘 고향 하늘을 그리고 있다. 방학 때 가지고 가서 네게 보여주마.

동생아!

중학교 학과는 소학교 학과보다 퍽 재미있다. 더구나 영어와 역사 등은 아주 재미가 많다. 나는 장차 문사(文士, 문학에 뛰어나고 시문을 잘 짓는 사람)가 되련다. 그래서 지금부터 시 짓는 공부를 하고 있고, 지난 일요일에는 M 신문 독자란에 내 시가 활자화까지 되었다. 정말 나는 의미 깊은 장래를 꿈꾸고 있다.

그럼 내내 건강하고, 공부 열심히 하기를 바란다.

10월 3일 경훈 형 씀

_1939년 서간집 《나의 화환》

첫가을

청명한 날 밤하늘은 깨끗한 푸른 유리처럼 깊고 곱게 갠다. 동남쪽 장풍단 저 너머로 떠오르는 달은 상긋한 푸른빛을 띤 거울같이 맑고 환하게 빛난다. 이럴 때 벌레 우는 뒤뜰이나 마루 끝에 앉아서 달구경 하는 재미, 달구경에 지치면 방에 들어가서 산뜻하게 찬 방바닥에 몸을 대고 애독하는 책을 펴고 조용히 옛사람의 시를 읽는다. 그러면 어느 틈에 방구석에도 가여운 벌레가 울기 시작한다. 이것이 여름내 피곤한 마음의 조갈(입술이나 입안, 목 따위가 타는 듯이 몹시 마름)을 추겨 주는 밤이슬같이 단 것이다.

봄에 봄꽃, 여름에 여름꽃이 있는 것처럼 가을에도 가을꽃이 있다. 가을에 피는 꽃은 대개 쓸쓸한 풍정을 가지고 있다. 국화, 과꽃, 무궁화, 달리아, 도라지꽃, 코스모스 모두 쓸쓸하게 피는 가을꽃이다. 그중 코스모스처럼 가을 기분을 잘 나타내는 꽃은 없다. 헌칠하고 가는 줄기 한 마디 한

마디에서 좌우로 가는 가지가 나가고, 그 가는 가지가 뻗어서 그 가느다란 끝마다 말쑥하고 어여쁜 꽃이 방긋방긋 피어난다. 가을날 저물어가는 하늘을 쳐다보면서, 두 손길을 마주 잡고 뭔가 애원하는 처녀의 눈동자와 그 몸씨(몸맵시) 같은 가지와 꽃, 복성스럽고 귀여운 것이 가을 일기같이 산뜻하고, 쓸쓸하고, 애처롭게 가여워 보이는 순진, 바로 그것이다. 십 칠팔 세가 되도록 자라면서 탐스럽게 몸이 통통해지지 않고, 멀쑥하게 키만 자란 허리 가는 시골 색시 — 웃고 떠드는 것을 좋아하면서도 울타리 뒤에서 얼굴 붉히는 촌색시처럼 가엾게 사랑스러운 꽃이다.

코스모스를 사랑하는 고로 우리 집 마당에도 분에 심은 것이 지금 활짝 피어 있지마는, 나는 언제나 코스모스를 보면 넓은 잔디 뜰, 시골길, 쓸쓸한 울타리 밑, 볕 잘 드는 시골 정거장 마당을 생각하게 된다. 그리고 그 코스모스의 뿌리 있는 곳에서 이름도 모르는 벌레들이 우는 것을 생각한다. 분에 심긴 것은 들이나 울 밑에 제대로 피어 있는 것에 비해 코스모스다운 맛이 반 이상 떨어진다. 그러나 흙냄새를 못 맡는 도회 생활에 고달피 쫓기는 몸에는 이 분에 심긴 변변치 않은 것 역시 상긋한 풀밭에 가을 맛을 생각해 볼 수 있어 조그만 위안이 된다.

가을은 가장 먼저 '바람을 보고 안다.'는 말이 있다. 바람이 가을 경치를 보이는 것은 아무래도 넓은 벌판이다. 멀리멀리 시원스럽게 펼쳐져 있는 벌판에 풀이 바다의 물결처럼 흔들리면서 한들한들하는 잔잔한 소리를 이 끝에서 저 끝으로 전해 보낼 때 가을이 찾아온 것을 그 풀 바람 소리 속에서 듣는 것이다. 그러나 가을 경치는 바람 소리로만 들을 수 있는 것이 아니다. 바람의 빛에서도 볼 수 있다. 넓은 들에 늙어 가는 풀빛이 은연히 가을바람을 채색하기 때문이다.

가을은 풀숲에서도 나타난다. 그 풀빛 속살거림이 사람 마음에도 가을을 낳게 한다. 보드라운 어머니의 품에 어린 아기가 안겨 있듯 늙어 가는 풀숲에서 가을이 젖을 먹는 것이다.

가을에는 시골에 있어도 좋고 도회에 있어도 좋다. 집에 있어도 좋고 거리를 돌아다녀도 좋다. 드러누워도 좋고 일어나서 걸어도 좋다. 건강한 사람에게도 좋고, 아픈 사람에게도 좋다. 이렇게 말해도 좋을 만큼 은혜 많은 계절이 바로 가을이다. 그 때문에 어느 해건 가을이 몹시 기다려진다. '가을이 되면! 가을부터는…….'하고, 여름철 더울 때부터 계획한 일, 여행할 일, 이 일, 저 일 미루어 가면서 고대하는 동안 가을은 오는 줄 모르게 옆에까지 와 있다. 금년에도 그렇게 가을이 왔다. 달이 밝고, 벌레가 울고, 풀이 늙어서 가을이 온 것을 알면, 여러 가지 기다리던 일이 한꺼번에 바빠진다. 그러나 아직도 가을은 젖을 먹는다.

단풍잎이 새빨개졌다가 다시 누르러서 낙엽이 지기는, 아마도 시월 그믐께가 될 것이다. 그 안에 바쁜 일을 모두 치워놓고 재미있고 생신한(생기 있고 새로움) 가을 여행을 떠나리라고 나는 생각하고 있다.

바람에 불리는 코스모스 모양대로 그립던 넓은 벌판에 서서 가을바람에 불리는 쾌미(快味, 상쾌하고 즐거운 느낌), 정거장마다 쓸쓸히 피어 있는 코스모스를 보는 재미……. 아아, 내 마음은 뛰논다.

_1922년 《신여성》

_ 방정환

코스모스의 가을

코스모스! 그 가여운 소녀 같은 코스모스가 활짝 피어서 높아가는 가을 하늘을 쳐다보고 있습니다.

아아, 벌써 가을이 온 것입니다.

산에 가면 감과 밤이 익고, 들에 가면 곡식이 황금같이 익는 좋은 계절, 가을이 온 것입니다. 바람 맑고, 기운 맑고, 하늘 맑고, 물 맑고, 사람 머리까지 맑아지는 때가 왔습니다.

보십시오! 벌써 방구석에 벌레가 울기 시작하였습니다. 운동도 좋고, 여행도 좋고, 그보다도 더 낙엽 스치는 창문 옆에 등불을 밝히고, 벌레 소리를 들으면서 책 읽기 좋은 계절이 온 것입니다.

_1925년 9월 《어린이》 제3권 9호

가을 하늘

추수(秋水)는 공장천일색(共長天一色)이라는 너무도 유명한 시구가 있다.

가을 강물과 하늘이 한 가지 색이라는 말이니 그것을 뒤집어 보면 가을 하늘은 강물 — 가을의 바닷물이겠지 — 과 한빛이라는 뜻도 아니 되지는 아니하리라.

나는 바다와 인연이 멀어 가을 물결과 같이 좋은 경치를 보지 못하였고, 따라서 흥도 느껴보지 못하였다. 그러나 그냥 앉아서 바라볼 수 있는 가을 하늘은 미상불(未嘗不, 아닌 게 아니라 과연) 참 좋다. 싱거운 말 같으나 그저 참 좋다고 하는 수밖에는 없다. 말도 싱겁거니와 가을 하늘이라는 것이 본래는 싱거운 것이다. 아마 아득하게 높고 푸르고…… 이밖에는 아무것도 없다.

변화도 없고, 무엇이 기묘 복잡하게 조화되어 있는 것도 아니다. 그러나 그런 조화와 복잡성을 초월하여 그곳에 미(美)가 버젓하게 있다.

나는 이 미의 표현법을 모른다.

시인식진 금강육 詩人食盡 金剛肉

수골천년 입해두 瘦骨千年 立海頭

이것은 누구라든지 하는 시객(詩客)이 금강산을 구경 갔는데 가는 곳마다 바위에는 그럼직한 시가 새겨져 있고 오는 곳마다 절의 현판에 알맞은 시가 붙어 있어 새로운 시상(詩想)이 나지 않으니 악이 바싹 나서 한 구 지은 것이라고 한다.

미상불(未嘗不, 아닌 게 아니라 과연) 금강산 하면 천으로 만으로 헬 수 없는 시인이 두고 읊은 절구가 하고많을 터이니 섣불리 한 구 지어 보려다가는 어림도 없이 요즘 같으면 문단 탐조등 같은 데 폭로 당하고 말 것이다.

가을 하늘도 금강산만 못하지 아니하게 시인들의 입 끝에서 오르내린 경개(경치)다. 그래, 그런지 혓바닥으로 싹싹 핥아 먹은 것처럼 파래 말간 것밖에는 아무것도 없다. 그렇게 아무것도 없고 높다라니 파래 말간 그놈이 끔찍이도 유현(幽玄, 사물의 이치 또는 아취가 헤아리기 어려울 만큼 깊음)한 느낌을 준다. 바라보고 있노라면 금시로 무엇이 나오는 듯싶은데 역시 아무것도 없다. 그 대신 콧노래가 나온다.

할 수 없이 나도 위에 말한 시객 씨의 본을 받아 한 번 써본다.

주린 시객이

천만 번 핥고 남은 가을 하늘

덩달아 핥으려도

키 모자라 못 핥겠네.

_1932년 10월《제일선》

청량리의 가을

괜히 남의 구미만 당기게 합니다그려!

금강산을 못 보았으니 꼭 가 보고 싶습니다. 가을뿐이 아니라 어느 때고 가고 싶었고 또 금년뿐만 아니라 벌써 몇 해를 벼르나 돈이 없어 가지를 못 했습니다.—아마 보고 죽지 못할 걸요. —

왜 금강산을 가고자 하느냐고요?

그거야 모르지요. 내가 아직 금강산을 보지 못하였으니, 무엇이 어떻게 좋아서 가려고 한댈 수야 있습니까? 그저 예부터 좋다고 하고 가본 사람마다 좋다고 하니 좋을 것이야 물론이겠지요.

숨은 명승지라고는 별로 발견(?)하지 못 했습니다. 본시 여행을 싫어하지는 아니하지만 어려운 터에 틈 없이 지나는 팔자라 다니어 볼 생각조차 내이지 못 합니다만, 굳이 말하라면 신통치 못하나마 한 곳 있기는 합니다.

청량리를 나가서 지금 경기도 임업시험장이 된 숲속으로 들어섭니다. 그 속이 벌써 주인 없는 큰 정원을 들어선 듯하여 마음이 후련한데, 그곳을 지나 그 구내(區內)를 벗어나면 시냇물이 흐릅니다. 드라이브하는 자동차 등속은 물론 그림자도 없고 인적이 드문 솔숲과 모래 바닥을 소리 없이 굴러가는 얕은 시내(골짜기나 평지에서 흐르는 자그마한 내)뿐입니다.

내가 이곳을 처음 간 것이 작년 가을인데 미상불 서울 근교에서 하루의 산책지! 더욱이 가을날로는 매우 좋은 곳인 줄 여겼습니다. 더구나 이 시내를 끼고 좀 더 가면 정말 시골이 나오고 그곳에 두어 곳 과수원이 있어 포도니 배니 하는 과실을 재미있게 먹을 수가 있습니다.

우리 같은 황금 부족증의 평생 고질(固疾)에 걸린 흥치객(興致客, 흥과 운치를 즐기는 사람)에게는 안성맞춤인 줄 여깁니다.

금년에는 아직 못 갔습니다. 포켓 속에서 '영감' 한 장만 들어오면 두 달음질을 쳐서 뛰어갈 터입니다.

_1932년 10월 《동광》

만경(晚景)

집 사위(四圍) 밭으로, 밭마다 가득가득 덮였던 서속(기장과 조를 아울러 이르는 말)이야 콩, 호박, 고구마 등속의 전곡(田穀, 밭에서 나는 온갖 곡식)들이 하루이틀 한자리 두 자리 걷히기 시작하더니, 어제오늘은 입동이라서 마지막 파랗던 무, 배추의 김장거리마저 말끔히 다 걷어 들이고 말았다.

꺼칠하게 바닥이 드러난 밭고랑에 남은 것이라곤 낭자하게 흩어진 검부적('검불'을 일컫는 전라도 방언)과 잡초뿐 황량하기 다시없고 무단히 섭섭해 못하겠다.

군 청사 주위를 널따랗게 비잉— 둘러 선 포플러 숲이 어느새 대 밑까지 노오랗게 단풍이 들어 분주히 지면서 있다.

동쪽 건너편 언덕바지의 우리 독안공(獨眼公, 한 쪽 눈이 먼 사람)네 과원(과수원)의 그 무짙던 능금나무, 복사나무 잎사귀가 하루만큼씩 더 성글어가던 중 이제는 산등성 너머로 하늘이 내다보일 만큼 완고히 성깃성깃하다.

요전번 모군이 왔을 때 거기로 안내했더니 가장귀(가장자리)마다 볼 빠알간 능금이 주렁주렁 매달린 것을, 과목(果木)의 대 밑으로 내다보면서 ―카메라적인 시각인 모양― 맛보다도 눈이 더 즐겁다고 하던 그 능금들도 시방쯤은 저기 어떤 가게 머리에 가서 놓였기 아니면 누구의 식도를 (무참히) 통과한 지 오랠 게다.

거진(거의) 날마다 오후면, 아이들에게 십 전박이 두어 푼을 들려 보내서 삐뚤어진 놈, 찌그러진 놈, 그래도 싱싱한 능금을 바구니로 수북수북 받아다가는 온 식구가 잔치를 하곤 하던 철도 그럭저럭 마지막인가 보다. 그러나 그 덕에 과원의 고놈 영악스럽게 사나운 강아지와 눈은 독안(獨眼)이라도 무던히 호인인 주인 영감은 이제부터 웬만큼 한가하고, 한동안 안식할 수 있겠지.

송악산 단풍은 해마다 봐도 새로운 듯 가히 상을 줄 만하다. 일찍이 김립(金笠, 조선 후기 방랑 시인으로 삿갓을 쓰고 다닌다고 해서 '김삿갓'으로 불림)이 송도에 왔다가 푸대접받고 새막에서 꼬부리고 자면서 홧김에,

산명송악기무시(山名松嶽豈無柴, 산 이름 또한 송악인데 어찌 장작이 없다고 하는가)

읍호개성독폐문(邑號開城獨閉門, 고을 이름이 개성인데 어찌 문을 닫았다고 하는가)

이라고 읊었다지만, 실상 시방 송악은 '기무시'랄 게 아니라 '태무송(殆無松, 소나무가 거의 없음)'이라야 적절할 게다. 솔이라곤 산명(山名)이나 꾸려 나갈 구실같이 오다가다 몇 주씩 있는 둥 마는 둥 하고 열에 아홉까지가 키 얕은 활엽수의 치목(稚木, 어린나무)뿐이다. 그 치목의 풍부한 잎사귀들

이 때마침 황과 홍의 두 가지 빛을 중심으로 울긋불긋 단풍이 들어서 넓은 산 전면을 덮은 그 위를 방금 넘어가는 사양이 가득 비쳐 눈이 부시게 화려한 양이라니, 진홍 일색의 본 풍엽(楓葉, 단풍잎)보다 오히려 다채(多彩, 여러 가지 색채나 형태, 종류 따위가 어울리어 호화스러움)하여 나은 감이 없지 않다.

송악산이 봄이면 보드라운 연록으로 그 험상스러운 산세와 대조되어 일경(一景)이요, 여름이면 골마다 짙은 그늘과 더불어 물 맑아 소위 '물놀이'로 좋다지만, 역시 가을 단풍이 그중 으뜸이 아닌가 싶다. 이윽고 '지네산' 너머로 햇살이 가리면서 서쪽 하늘엔 진홍빛 노을이 퍼져 산의 단풍과 서로 빛을 겨루는 듯 경치는 정히(진정으로 꼭) 절정을 이룬다.

금강(金剛, 금강산)이며, 내장(內藏, 내장산) 등의 이름 높은 풍악(楓嶽)이 있는 데야 송악산쯤 물론 천하의 절승(絶勝)은 못될 것이다. 그러나 시방 이 시각의 내 눈은 이상 더없이 즐겁고, 따라서 그걸로 만족이다.

_1939년 11월 15일 《매일신보》

산채(山菜)

점심 후 전야(前夜)의 철야(밤을 새움)한 피로에 오수(吾睡, 낮잠)를 탐하고 있노라니까 아랫동네의 이 군이 찾아왔다. 요전 날 만났을 제 뒷산으로 도라지를 캐러 가쟀던 약속을 잊어버리지 않았음이다.

신발을 글매고, 손에는 소형 스코프(숟갈처럼 생긴 도구)로 된 원예용의 이식기를 들고… 이 군은 이렇게 무장을—기실 경장(輕裝, 가벼운 차림새)을—한 맵시로 앞을 섰다.

막대 하나를 끌고 그 뒤를 따르던 나는 채비(어떤 일을 하는 데 필요한 물건, 자세 따위가 미리 갖추어져 차려지거나 그렇게 되게 함. 또는 그 물건이나 자세)가 너무 허술함을 깨닫고 마침 근처에서 병정 잡기를 하고 노는 팔세동(八歲童, 여덟 살 된 어린아이) 조카를 시켜 바구니와 호미를 가져오게 했다. 그랬더니 도령이 또 제 동무 하나를 데리고 참가해서 일행은 도통(모두) 네 명이요, 동자들은 병정 잡기를 하던 무장(武裝) 그대로라, 허리에는 목도(木刀, 나무를 깎아 만든 칼)가 위엄스럽고 산도라지를 캐러 간다기보다도 정히(꼭) 산도야지나 사냥하러 가지 않나 싶은 진용이 되고 말았다.

봄으로 여름으로 매일같이 산책을 하러 가던 율림(栗林, 밤나무 숲)은 그새 두어 주일 일에 몰려 못 본 동안 풀이 벌써 가을 풀답게 향기롭고, 밤송이도 제법 많이 굵었다. 그리 드세게 울던 매미 소리도 그쳐 조용하고, 원두밭은 참외 넌출(줄기)을 말끔히 뽑아 새로 갈아놓은 고랑엔 콩 포기만 띄엄띄엄 남았는데, 밭두덩에서는 빈 원두막이 하마(벌써) 쓰러져가고⋯ 누가 시킨 바 아니건만, 철은 바야흐로 가을다운 한 가닥의 폐허(건물 · 성 · 시가지 따위가 파괴되어 황폐해진 터)가 깃들기 시작한다.

산도라지는 다른 사람들이 아마 나보다도 미각이 더 날쌔고 예민했던지 여름에는 그리 많던 것이 죄다 어디로 가고 보이지 않았다. 그러나 이 군이 '게륵이'라는 대용품(!)을 발견해서 우리는 실망하지 않아도 좋았다. '게륵이'는 꽃만 산도라지와 약간 다를 뿐 잎사귀랄지, 대 그리고 캐서 볼라치면 그 뿌리 등이 언뜻 산도라지와 분간하기 어려울 만큼 근사했다. 이 군에 의하면 맛 또한 산도라지보다 나으면 나았지 못지는 않단다. 그러고 보니 대용품 치고는 도야지 가죽으로 만든 구두보다도 '스프(섬유를 짧게 자른 것)'가 섞인 광목보다도 착실히 어른인 셈이다.

그럭저럭 간 것이 '느랑꼴'까지 넘어갔다가 골짜기의 맑은 샘물에 때마침 심한 갈증을 씻고 나니, 몸의 피로가 더럭(어떤 감정이나 생각 따위가 갑자기) 더 전신에 쏟아지는 것 같아, 캔 산채는 바구니 밑바닥도 겨우 가리지 못했는데 웬만큼 발길을 돌이키기로 했다.

대추나무에 몽실몽실 예쁘게 생긴 대추가 많이 열렸다. 문득 대추가 볼이 볼긋볼긋 붉는 고향의 추석이 생각났다. 가난한 한 필의 선산 아래는 감나무가 여덟 주씩 두 줄로 섰고, 솔밭 사이사이로 밤나무가 흔하고, 대추나무가 있고 하다.

추석이면 감과 대추가 서로 겨루듯 볼이 붉고, 밤은 송이가 벌어진다. 우리 고장에서는 추석에 성묘를 다닌다. 칠팔 세 그 무렵, 시방 내 앞에 서서 가고 있는 팔세동 저놈만 해서부터 나는 추석이면 곱게 새 옷을 갈아입고, 그때는 아직도 기운이 좋으시던 가친(家親, 남에게 자기 아버지를 높여 이르는 말)과 사형(舍兄, 남에게 자기의 형을 가리키는 말)들을 따라서 이 선산으로 성묘를 다니곤 했다.

시방(지금)도 잊히지 않는 그때의 감, 밤, 대추 등속(나열한 사물과 같은 종류의 것들을 몰아서 이르는 말)의 맛…

이런 이야기를 하고 나니까 이 군이 웃으면서 이번에 효석(소설가 이효석)의 〈향수〉를 읽었는데 그 비슷한 이야기더라고 한다.

저녁 밥상엔 벌써 내가 캐온─실상은 이 군이 캐준─산채가 한 접시 올랐다. 맛이 달다더니 산도라지가 얼마큼 섞였음인지 역시 쌉싸래했다. 옛사람은 산채에 맛을 들이니 세미(世味, 세상맛. 즉, 사람이 세상을 살아가며 겪는 온갖 경험)를 잊었다는데, 산채를 먹으면서도 세미를 잊지 못하는 내 생활은 이 산채의 맛처럼 쓴 것이니… 하면서 마침 양이 찬술을 내놓았다.

_1939년 9월 9일 《매일신보》

가을을 맞으며

불같은 햇살은 먼 산머리에서 스러져 버렸다. 땀을 닦으면서 저녁을 먹고 마루에 나앉으니 서늘한 바람이 앞산 송림을 스쳐 내려온다. 햇살이 거둔 하늘에 떠도는 엷은 백운(白雲, 흰 구름)을 바라보면서 서늘한 바람을 받고 앉아 있으려니 가을 같은 느낌이 일어난다.

절수(節數, 절기의 차례수)로 따져 보면 가을 같은 것이 아니라 아주 가을이다. 칠석이 지나고 말복까지 지나갔으니 사람을 뇌쇄(애가 타도록 몹시 괴롭힘)하려던 축융(祝融, 여름의 신)의 위협도 이제는 힘이 풀리게 되었다. 그렇게 생각하니 그런지는 몰라도 며칠 전부터는 새벽이면 벗어 버렸던 홑이불을 다시 끌어 덮게 된다. 이글이글한 염열이 서리었던 하늘도 얼마쯤 맑아진 것 같다.

지금도 앞산 송림 머리에 눈썹을 그린 초승달 빛이 흐르는 높다랗게 갠 하늘에 빛나는 별과 흐르는 두어 조각의 흰 구름은 서늘한 기운을 머금었다. 이슬에 젖은 마당가 풀숲에서 요란스럽게 흘러나오는 벌레 소리를 들으면서 마루에 앉아 하늘을 쳐다보고 있으려니까 어쩐지 여름은 벌써 지나가 버린 것 같다.

아직도 신문 지상에는 매일 여기저기의 백도(百度)의 혹서(酷暑, 몹시 심한 더위)를 보도치 않는 바가 아니요, 나 자신도 낮이면 더위에 흐르는 땀을 주체치 못하지만, 그러한 염열(炎熱, 몹시 심한 더위)도 어쩐지 삼복 그때와는 다른 것 같다. 늙어가는 더위의 여독이 한창 무르익은 삼복더위보다 오히려 심한 듯하면서도 그 속에는 그자신도 어찌할 수 없는 시들은 운명의 빛발이 어디라 없이 흐르고 있다.

텁텁하던 햇살이 차츰 맑은 기운의 세례를 받고, 훈훈하던 바람은 아침저녁으로 산뜻한 맛을 띠고 달려드는 것이 한여름의 그 볕, 그 바람과는 아주 딴판이다.

그보다도 밤이 깊어서 자리에 들면 베갯머리를 요란스럽게 울리는 벌레 소리는 뭐라고 형언할 수 없이 처량하고도 회고의 정서를 움직인다. 봄여름을 통해 벌레 소리는 늘 들을 수 있는 일이지만, 가을 기운이 하늘을 적시고 땅에 흐르기 전에는 벌레 소리도 여물지 못하는 것 같다. 깊고 짧고 높고 얕게 열 놈 열 소리로 교향악을 이룬 그 소리는 사람에게 여느 때의 벌레 소리처럼 무심히 들리지 않는다. 가을이 아니면 벌레 소리가 저처럼 회고적인 애수를 자아내지 못하는 것이다.

원수 같은 여름이 간다니 섭섭하다. 가는 여름을 섭섭히 생각하는 것은 나만이 아닐 것이다. 여름은 좋고도 괴로운 시절이다. 여름이라는 시절이 없었다면 우리는 자연의 자유스러운 기세를 맛보지 못하였을 것이다. 여름은 참말로 자유 해방의 상징이다. 산으로 오르나, 바다로 나가나, 그들은 그들이 펼 수 있는 기력을 조금도 숨기지 않는다. 그로 말미암아 그 속에 싸인 사람의 생활도 얼마쯤 자유를 얻게 된다. 사람이 만들어 놓은 사람의 구속은 못 벗을망정 자연의 구속은 이때 문호를 개방하게 된다. 그래서 싸고 쌌던 몸뚱이를 드러내놓게 되는 것도 이때요, 집을 버리고 푸른 하늘 아래 대지를 자리 삼아 뒹굴게 되는 것도 이때다. 겨울에 봉당(안방과 건넌방 사이의 마루를 놓을 자리에 마루를 놓지 아니하고 흙바닥 그대로 둔 곳)도 없어서 돌베개에 머리를 던지고 눈을 덮고 지내던 생령(살아 있는 넋이라는 뜻으로, '생명'을 이르는 말)에게는 무한한 자유의 시절이다.

나날이 우거져서 들을 덮고 산을 입힌 푸른 잎을 보고 먼 산봉우리에 피어오르는 흰 구름을 바라보면 잠겼던 핏대가 붉어져 소리를 치고 잠자던 마음은 활개를 치고 구름을 따라 거침없이 달아나는 것 같다. 만일 몸이 마음을 따를 수 있다면 여름의 분방 호탕한 기분은 이 몸을 지향(指向, 작정하거나 지정한 방향으로 나아감. 또는 그 방향)도 없는 먼 나라로 날릴 것이다. 여름은 청춘의 가슴에만 그러한 기세를 펼치는 것이 아니라 늙은이의 가슴에까지 로맨틱한 자유의 정조를 부어 넣는다.

사람은 여름 볕의 혜택을 받으면서도 여름 볕을 괴로워한다. 열 가지 기쁨보다도 한 가지 괴로움을 더 크게 생각한다고, 사람들은 여름을 당하면 찌는 듯한 햇살의 괴로움만 생각하지 나날이 입는 여름의 혜택은 생각하지 않는다. 아닌 게 아니라 여름 햇살은 받기가 무척 괴로운 것이다. 생각만 해도 가슴에 더운 김이 서리는 것 같은 것이 여름 볕이기 때문이다.

금년같이 가뭄이 몹시 심한 해일수록 내리쬐는 볕이 더욱 심해 견디기 어렵다. 그러나 자연은 뜨거운 볕을 대지에 흘리면서도 피할 곳을 온 생물에게 준다. 푸른 그늘이 그것이요, 바다와 샘(물이 땅에서 솟아 나오는 곳. 또는 그물)도 그것이다. 굼실거리는 바다에 몸을 잠갔다가 푸른 그늘에 누워서 차디찬 샘을 마시면 누가 오애하일장(吳愛夏日長, 나는 긴 여름날을 사랑한다)을 부르지 않으랴. 인공(人工) 또한 거기에 못지않으니 고루(高樓, 높이 지은 누각)에 누워서 선풍기 바람에 얼음을 마시고 있는 사람에게는 자장하일(長長夏日, 길고도 긴 여름날)도 오히려 짧을 것이다.

하지만 그것은 저마다 하는 노릇이 못 된다. 자연에 어그러지는 인사(人事)는 자연의 혜택을 받을 수 없기 때문이다. 대하고루(큰 집과 높은 누각이라는 뜻으로, 웅장하고 큰 건물을 이르는 말)에 드러누워서 선풍기 바람의 혜택은 못 받는다 하더라도 자연이 주는 자연의 혜택이야 못 받을 것이 무엇이 있으랴만, 그것도 하나의 태곳적 논법이다. 바다에 몸을 씻고 그늘에 누워서 샘 마시는 것은 둘째로 찌는 듯한 햇살 아래 홍로 같은 길바닥에 간혹 박혀 있는 답답한 전주(전봇대) 그림자의 혜택도 못 받는 무리가 가는 곳마다 눈에 띈다. 어쩌다 먼지를 뒤집어쓴 시가수(市街樹, 시내 가로수) 그림자를 만나면 뜨거운 김에 데는 듯한 등을 들이밀고 열사의 벌판에서 오아시스를 만난 듯이 숨 한번 편히 쉬어 보려는 무리에게는 여름 볕 같은 위협이 또 어디 있으랴. 여름의 하루는 고사하고 여름의 일분일각이 지긋지긋한 노릇이다. 미적지근한 물이나마 한 모금 마시지 못하고 뜨거운 볕에 헤매는 사람의 괴로움은 오애하일장을 부르는 사람으로서는 도저히 상상도 하지 못할 바다. 그러니 어찌 여름 볕을 무섭다고 하지 않으랴. 여름 볕이 무섭기만 한 것이 아니다. 여름 볕을 저주까지 하게 된다. 그것도 다시 생각하면 여름 볕 그것을──조금의 변덕 없이 제 길을 제길 대로 걸어가는 여름 볕, 그것을 저주한다기보다 여름의 혜택을 오로지 받지 못하게 되는 자신의 구속에 대한 저주일지도 모른다.

괴로운 현실에 부대끼면 그것을 벗으려는 것이 사람의 상정(常情, 사람에게 공통으로 있는 보통의 인정)이다. 찌는 햇살이 괴로우니 어서 여름이 갔으면 좋겠다고 원하게 된다. 그래서 서늘한 가을을 억지로라도 줄을 당기듯 끄집어올 듯이 애쓰고 바란다.

그러나 자기도 모를 힘에 일시 괴로우니 여름을 저주하고 가을 오기를 기다리면서도 여름이 쉬이 가지나 않을까 하는 무거운 걱정에 가슴속이 개이지 않는다. 그 역시 기우(杞憂)인 줄 번연히 알면서도 여름이 가는 것이 크나큰 걱정이 된다. 그것은 세월이 가는 것을 아낀다는 것보다 생활의 위협을 두려워하는 것이다. 세월 가는 것도 기쁜 일은 아니다. 그보다도 구속이 두려운 일이다. 여름의 뜨거운 볕이 두렵고 저주스러우면서도 모든 것이 평민적이요, 공존적인 여름은 생활의 혜택이 없는 사람에게 시절적 혜택이나마 있되 추동(秋冬)은 그렇지 못하다.

가을의 서늘한 바람과 맑은 기운은 더위에 시달리던 인간의 흐트러진 신경을 씻어주고 바로 잡아주어서 사람의 기운을 한껏 돋아준다. 그러니 여름 뒤에는 반드시 있어야 할 시절이다. 그러나 거기에는 구속이 있다.

오래지 않아 소슬한 바람에 갈대가 처량히 울고 아슬아슬한 상로(霜露, 서리와 이슬)에 나뭇잎들이 떨어질 것을 생각하니, 나의 머리는 나로도 알 수 없는 맑은 기운에 경쾌하여지는 듯하면서도 두 어깨는 알 수 없는 무거운 그림자에 눌리는 듯이 가슴이 묵직하여서 견딜 수 없다.

금년 가을은 농촌 세농(細農, 매우 가난한 농가)들에게 더욱 살기(殺氣, 남을 해치거나 죽이려는 무시무시한 기운)를 줄 것이다. 하기야 어느 해 가을인들 그들에게 즐거우랴만, 그래도 여름내 흘린 땀방울이 방울방울이 익어서 황엽(黃葉, 노랗게 익은 식물의 잎)을 재촉하는 바람에 금파(황금빛 물결)를 일으키는 들에 찬 곡식 이삭을 바라보는 그들의 즐거움은 큰 것이다. 그렇게 잘 익은 쌀알이 결국은 그들의 생명의 영양이 되지 못하고 도리어 그들을 달달 볶아서 여름내 지친 그들의 몸을 더욱 쥐어짜게 되지만, 그러면서도 익어 늘어진 벼 이삭을 목전에 보는 즐거움은 그들의 가슴을 흔들게 된다.

연전(年前, 몇 해 전)에 어떤 사찰에 있을 때였다. 그 사찰 앞에는 몇 두락의 논이 있었다. 그 논을 소작하는 사람은 40이 넘은 노농(老農, 나이가 많은 농부)으로, 그는 15리 밖에 있는 마을에서 매일 새벽마다 왔다가는, 사찰의 모종(暮鍾, 해질 무렵에 치는 종)이 울려도 이슥한 뒤에 가는 일이 많았었다.

그 해는 기후가 순조로워서 그 몇 두락의 벼는 이삭마다 탐스럽게 익었다. 모여드는 참새 떼를 쫓느라고 밭머리로 돌아다니며 쨍쨍한 맑은 볕 아래 산들거리는 바람에 황운(黃雲, 넓은 들판에 벼가 누렇게 익은 모습을 비유적으로 이르는 말) 같이 흔들리는 논판의 황도(黃稻, 황금빛 벼)를 바라보는 노농의 기쁨은 컸다. 늙음과 고생으로 주름이 억세게 잡힌 그의 검은 얼굴에는 지나간 고생을 잊은 듯이 미소가 늘 흐르는 것을 나는 보았다.

그러나 그렇던 벼를 베어 밭머리에 마당을 닦고 타작하는 날 보니, 그 결과는 지주와 채귀(債鬼, 악착같이 이자를 받고 빚 갚기를 몹시 졸라 대는 빚쟁이를 비유적으로 이르는 말)의 욕랑(慾浪, 물결처럼 일어나는 욕심)을 채우고 말게 된다. 거두는 기쁨에 웃음이 흐르던 노농의 얼굴에는 검은 구름이 흐르고 노농의 아내인지 점심을 지어가지고 왔던 늙은 촌부는 4, 5세 된 어린애에게 젖을 물리고, 타작 마당가에 돌아앉아서 눈물을 짓던 그림자는 지금도 눈앞에 어른거린다. 생각하면 어찌 눈물만 지을 일이랴. 얼굴에 흐르는 검은 구름만으로는 그들의 가슴에 서린 괴로움과 슬픔과 원한의 한 부분도 드러내지 못할 것이다. 입을 것을 못 입고 먹을 것을 못 먹으면서 노유(老幼, 늙은이와 어린이)가 봄부터 정성을 다하여 지어 놓은 쌀알을 입에 넣어도 보기 전에 남의 소유로 돌아가는 것을 생각하면 피를 토할 일이요, 미쳐서 날뛰어도 시원치 못할 노릇이다.

그처럼 나중에는 그의 손에서 깡그리 나가 버리는 것이건만, 그들은 그것이 잘 익기를 원하고, 잘 익은 벼알을 바라보는 때 찰나이건만 지나간 고생과 앞에서 기다리는 비극을 잊어버리고 기쁨의 미소를 금치 못한다. 그러나 금년 가을은 그들에게 그러한 순간의 희열이나마 주지 못하게 되었다.

달 넘어 계속되는 한발(旱魃, 심한 가뭄)은 답면(畓面, 논바닥)에 균열을 내고, 불의의 수난은 좀 남은 작물을 마저 쓸어 갔으니, 들에 찬 누런 이삭을 바라보는 기쁨은 둘째로 앞에 닥쳐올 태산 같은 걱정에 절반은 죽었을 것이다. 지주가 흉작을 아는 척할 리 없고 염라사자(閻羅使者, 염라대왕의 명에 따라 죽을 차례가 된 사람을 잡아 오는 사자) 같은 채귀의 독촉이 늦추어질 리가 없으니 닥쳐오는 이 가을은 그들에게 무엇을 줄 것인가. 풍작의 가을에도 견딜 수 없어서 형제와 처자가 산지사방(散之四方, 사방으로 흩어짐)으로 객신지지(客身之地)를 잃어버리고 있는 이때 조그마한 천혜(天惠, 하늘이 베푼 은혜)조차 못 입은 사람의 전정은 불언가상(不言可想, 아무 말을 하지 않아도 능히 짐작할 수 있음)이다. 거기다가 기후까지 변하여 미구(未久, 얼마 오래지 아니함)에 상로(霜露, 서리와 이슬)가 내리고, 뒤를 이어 빙설이 쌓일 터이니, 흐르는 세월이 어찌 그들에게 원수 같지 않으랴.

아침저녁으로 서늘한 바람이 내려서 마당가의 시들은 풀 포기를 울리고, 이 귀퉁이 저 귀퉁이에서 벌레 소리가 요란히 흐르는 것을 보고 들을 때마다 흐르는 세월에 늙는 생명보다 여름이 가고 가을이 되는 것을 두렵게 생각할 것이다.

생활의 혜택이 없는 사람에게는 그처럼 괴로운 가을이나 그와 반대의 사람들에게는 즐거운 가을이다.

산과 들에 익어 늘어졌던 누런 이삭을 거두어 갑갑하게 닫아 두었던 창고를 채우고 닥쳐오는 엄동설한을 그윽이 기다리는 만족의 희열은 더욱 말할 것도 없거니와 산들산들한 바람에 등골에 흐르던 땀방울이 걷히는 기쁨도 큰 것이다. 불같은 여름 볕에 가슴에 서리었던 뜨거운 김이 갈대를 울리는 맑은 바람에 쓰러지고 몸을 적시던 끈끈한 땀방울이 걷히면 느릿하던 세포가 단단히 줄어들고 만사에 내키지 않던 마음마저 맑은 바람을 타고 맑은 하늘로 오르는 듯이 활기를 띠게 된다. 하늘에 빛나는 물같은 달빛을 보나 나뭇잎이 시원스럽게 걷힌 산곡을 고요히 울리는 샘소리를 들으나 모두 텁텁하던 여름의 무거운 더위를 벗어나서 맑은 정신으로 새로운 활기를 띠게 된다.

등화를 가친이라 하여 가을을 독서의 호시기(好時期, 좋은 시기)로 지목하는 것도 사람의 머리가 맑아지는 까닭일 것이다.

찌는 듯한 더위에 온갖 물것까지 들이덤비는 여름밤에는 등불까지 더위와 물것을 더욱 불러들여서 귀찮고 갑갑하다. 그렇던 등불도 대지에 찬 이슬이 흐르면서부터는 여름의 그 등불이나 다름없는 등불이건만 보면 볼수록 더 밝아 보이고 친하면 친할수록 등불과 마음은 한 덩어리가 되는 것 같다.

소슬한 바람이 상로에 젖은 잎들을 울리는 밤, 그러한 등불 밑에서 서적을 대하고 고요히 앉았으면 마음은 장장(시간)을 따라 우주의 넓은 들을 자유롭게 오락가락하고 있다. 흐트러졌던 마음이 한 갈래로 보이고 구속이 되었던 마음이 굴레를 벗어 자자구구를 따라 자자구구 이상의 무엇을 찾아 나가는 쾌락은 무엇보다도 가을이라는 시절이 주는 크나큰 선물이라고 하지 않을 수 없는 일이다. 가을은 실로 독서자에게는 없어서는 안 될 시절이다.

가을은 청결한 맛으로써만 사람의 마음을 씻어주는 것이 아니라, 알 수 없이 스며드는 슬픔으로써도 사람의 마음을 씻어 준다.

봄도 사람의 마음에 슬픔을 흘리고, 가을도 사람의 마음에 슬픔을 흘리되, 애연한 봄 마음에 흐르는 슬픔과 청징한 가을 마음에 흐르는 슬픔은 맛이 퍽 다르다. 애연한 봄에 흐르는 슬픔은 자줏빛 안개 속에서 흘러나오는 단소 소리같이 애연하지만, 청징한 가을에 흐르는 슬픔은 칼을 만지는 장사의 노래같이 강개하다. 하나는 여성적이요, 하나는 남성적이다. 깊은 밤 남은 등불 밑에서 서리에 젖은 기러기 소리를 들어 보라. 늙은이 젊은이 할 것 없이 그 소리를 무심히 듣지 못할 것이다. 밤을 울리는 그 소리는 슬프면서도 씩씩한 맛이 있고 그윽하면서도 맑은 맛이 돌아서 차마 들을 수 없으면서도 오래오래 듣고 싶다. 듣고만 싶은 것이 아니라 듣는 사람의 가슴에 흘러드는 그 소리는 다시 듣는 사람의 입으로 흘러나올 것 같고 그 소리에 몸이 실려서 넓은 들 높은 산을 지나 멀리 멀리 가는 것처럼 슬프면서도 그 슬픔은 구속에서 몸을 뺀 슬픔으로 도리어 시원한 쾌락을 불러온다. 그러므로 가을의 슬픔은 봄의 슬픔과 같이 사람을 마춰케 하는 슬픔이 아니라 여름 더위의 끈끈한 땀에 기운 잃은 세포를 올올이 씻어 주고 더위에 잠겼던 마음을 씻어 주는 쾌락을 일으킨다.

어느 때나 이렇게 자연은 같은 것이다. 그러나 고르지 못한 인사(人事, 사람의 일)는 자연을 모두 같게 대할 수 없게 된다.

_1929년 8월 21일~24일《동아일보》〈추창만감(秋窓漫感)〉

가을의 마음

시내에 살 때보다 시외에 살게 된 이후부터 자연과 가까워졌다. 항상 하는 일 없이 분주하고, 간혹 한가한 때라도 지친 몸을 움직이기 싫어서 일부러 자연을 찾지 않아도 매일 보게 되고 듣게 되는 것이 자연의 빛과 소리다. 그렇다고 거기 마음을 쓰려고 하는 것도 아니요, 너는 너고 나는 나로 지내지만, 보지 않으려고 하여도 눈에 띄게 되고 듣지 않으려고 하여도 귀를 울리게 되다시피 되니까, 딴생각으로 여념이 없던 마음도 때로는 솔깃하게 된다.

벌레 소리만 하여도 금년에 가장 많이 들었고 때로는 들어 보려고 일부러 귀를 기울이기도 하였다. 이것은 나에게 있어서 서울 생활 이래의 처음 일이다. 이것도 생각하면 금년에 시외로 쫓겨나온 덕택이다.

시내라고 벌레 소리를 못 듣게 되는 것은 아니다. 시내에서도 벌레 소리는 들을 수 있다. 마루 밑에서 굴러 나오는 귀뚜라미 소리와 마당 한 귀퉁이 어디선지 흘러나오는 이름 모를 벌레 소리는 들으려면 들을 수 없는 것은 아니다. 그러나 그 소리는 좀처럼 청각을 울리지 못한다. 사람의 함성과 사람의 손으로 만들어 놓은 온갖 것의 갈리는 소리에 한두 마리 벌레 소리 같은 것은 이리 찢기고 저리 찢겨서 그 존재조차 알리지 못하게 된다. 간혹 모든 소리가 잠자는 고요한 깊은 밤이면 마루 밑에나 마당가에서 흘러나오는 벌레 소리가 베갯머리에 떨어지지 않는 바가 아니로되, 온갖 잡념과 낮 사이 시끄러운 소리에 마비된 머리는 그 소리를 들으려고도 하지 않거니와 듣는 데도 하등('아무런', '아무' 또는 '얼마만큼'의 뜻을 나타내는 말)의 감상을 일으키지 않는다.

내가 시외에 나와서 처음 귀 기울여 들은 것은 매미 소리였다. 앞산 송림으로 굴러 나오는 매미 소리는 여름 사람의 주의를 끌게 되었다.

시외의 집은 바로 산 밑이지만, 마루에 나앉거나 방문을 열어 놓으면 바로 마당가에 금화산 한 줄기가 막혀서 안계(眼界, 눈으로 바라볼 수 있는 범위)가 트이지 않아 갑갑하다. 그러나 건조무미한 기와지붕이 앞을 막은 것보다는 얼마큼 나은 일이다.

거기는 아카시아와 송림이 우거졌다. 산이 가린 관계인지 집에 바람은 잘 통하지 못하나 고양이 이마빡만 한 마루에 누워서 쨍쨍한 볕 아래 스쳐 가는 바람에 녹엽이 우거진 가지와 가지가 한들거리는 것만 보아도 먼지투성이가 된 시내 집들의 포플러 보는 것보다는 시원하고 운치가 있다. 그 속에서 흘러나오는 매미 소리는 먼 하늘밖에 걸어놓은 듯이 떠서

초사(焦土, 불에 타서 검게 그을린 땅)에 서늘한 맛을 뿌리는 듯하다. 여름 숲으로 흘러오는 것은 매미 소리뿐만이 아니다. 그러나 여름 사람의 마음 위에 샘물같이 흘러드는 것은 역시 매미 소리다. 매미 소리는 불같은 볕발('햇발', 즉 '사방으로 뻗친 햇살'의 잘못)이 이글이글하는 여름 한낮에 들더라고 새벽에 마신 맑은 이슬을 뿜어 놓는 것같이 들린다.

그러나 매미는 소리의 세계만이 늘 있지 않다. 그 소리도 때(時, 시간)의 힘은 어쩔 수 없다. 가을에 접어들면서부터는 듣는 사람에게 그처럼 신기한 맛을 주지 못하게 된다. 여기저기서 기식(氣息, 숨을 쉼. 또는 그런 기운)이 미미하던 온갖 벌레가 선들거리는 바람에 기세를 올리게 되면 그들의 요란한 교향악은 한여름에 기세를 펴던 매미 소리까지 싸고 남음이 있다.

가을은 실로 온갖 벌레의 천지다. 어느 귀퉁이에 틀어박혀서 존재조차 알릴락 말락 하던 벌레 소리도 가을바람 앞에는 여물어서 소리소리 듣는 사람의 청각을 분명히 울린다.

늦은 여름부터 높아 간다는 생각을 일으키던 벌레 소리는 하루 이틀 지나는 사이에 더욱더욱 여물어서 요새는 벌레 소리 천지가 되었다. 어디 나갔다가 집에 찾아 들면 들리는 것은 낮이나 밤이나 벌레 소리뿐이다. 성냥갑만 한 집에 세 집 식구가 들끓으니 그렇게 조용한 집은 아니나, 벌레 소리에 사람의 소리가 쌔일('싸이다'의 방언) 지경이다. 간혹가다가 눈에 뜨이는 큰놈 작은놈들이 형체는 어디다 늘 감추는지 소리만 요란히 지른다. 생명이 사라져 입이 닫히기 전에 한 가락이라도 더 읊으려는 듯이 큰 소리 작은 소리를 길고 짧게 목통이 터지도록 지른다.

그들은 다 각각 제소리를 지르는 것일 것이다. 그 모든 소리가 얼크러져 씨가 되고 날이 되어서 듣는 사람에게는 한 덩어리의 복잡한 자연의 음악을 이룬다.

그 소리를 가만히 듣고 있으면 무상한 생명의 소리를 듣는 것 같다. 오래지 않아 내리는 서리에 입이 닫힐 것은 벌레만이 아니다. 길고 짧은 시간 차이가 있을 뿐이지 소리를 지르는 그들의 생명이나 그 소리를 듣는 사람의 생명이나 스러지기는 마찬가지다. 그 길고 짧다는 시간의 차이도 우주의 끝없는 데 견주어 보면 길면 얼마나 더 길며 짧다면 얼마나 더 짧으랴. 모두 석화전광(石火電光, 번갯불이나 부싯돌의 불이 번쩍거리는 것과 같이 매우 짧은 시간이나 매우 재빠른 움직임 따위를 비유적으로 이르는 말)에서 다를 것이 없을 것이다. 그러니 거기서 길고 짧은 것을 말한다는 것이 도리어 우스운 일 같다.

그렇게 생각하면 생각할수록 짜릿한 기분을 벗을 수 없다. 뛰던 생명이 사라지는 것은 생명으로서는 면할 수 없는 일이다. 그러나 그것은 면할 수 없는 운명이라고 생각하면서도 그 운명을 슬퍼하게 된다. 그 운명을 슬퍼함으로 현재 목전(눈앞)에 보이는 벌레의 운명을 자신의 운명으로 느끼게 된다. 젊은 사람의 가슴을 그처럼 울리는 벌레 소리거니, 늙은이의 가슴에는 더할 것이다. 숲속에서 흘러나오는 그 온갖 벌레 소리를 타고 덧없이 보낸 옛날의 청춘 시절을 더듬어 오르는 늙은이의 마음이여! 얼마나 애달프랴? 서리 친 머리카락을 만지면서 '숙석청운지(宿昔靑雲志, 지난날 품었던 청운의 꿈)'의 탄(嘆, 한탄)을 뇌이지 않을 수 없을 것이다.

동물학자의 말에 의하면, 벌레 소리는 그들 생명의 무상을 탄하는 것이 아니라 이성이 이성을 부르는 소리라고 한다. 그들은 밤이나 낮이나 이성을 찾아 그처럼 목이 터지도록 소리를 지른다. 그것도 생각하면 무상을 부르짖는 소리라 하지 않을 수 없다. 그들에게도 이성을 그리는 때가 있을 것이다. 사람이 이성을 그리는 젊은 시절이 있듯이 그들에게도 이성을 그리는 때가 반드시 있을 것이다. 그때가 지나면 만사가 휴의(休矣, 끝)다. 어찌 생각하면 그때만 지나면 아무 상관 없을 것 같으나 그런 것은 아니다. 한 있는 생명에 부여된 좋은 시절을 그 시절에만 할 수 있는 것을 하지 못하고 놓치는 슬픔과 뒤에 이르러 좋은 시절을 덧없이 보낸 회상의 슬픔은 무엇보담도 가장 큰 슬픔이다.

벌레 소리는 이성을 부른다 하더라도 동시에 때를 조이는 소리다. 시절이 흐르기 전에 그 시절의 혜택을 놓치지 말라는 그들은 생명의 원(願)이라 할 것이다.

이성을 그리고 찾는 생각은 벌레에게만 있는 것이 아니다. 그러한 원시적 소리는 남양인사(南洋人士)들 사이에서도 들을 수 있다고 들었다. 그들은 콧소리나 휘파람으로도 군호를 삼곤 한다. 풀잎이나 나무껍질 피리로도 사랑하는 사람을 부른다고 한다. 우수(憂愁, 근심과 걱정을 아울러 이르는 말) 달밤 애인을 기다리는 애인의 귀에 애인을 찾아 숲속으로 흘러나오는 그 소리는 상상만 하여도 젊은 사람의 가슴에 로맨틱한 물결을 일으킨다. 천 마디 만마디의 말보다 그 한 소리가 그들의 가슴에, 아니 우리의 가슴에까지 더욱 힘 있게 울릴는지 모른다. 우리의 한 옛날 조상들도 그렇게 연남정녀(戀男情女, 사랑하는 남녀)를 서로 불렀을 것이다.

벌레 울음은 그들이 이성을 부르는 소리라고 동물학자가 우리에게 가르쳐 준다는 것은 위에서도 말했거니와, 벌레 소리를 그런지 저런지 모르고 듣더라도 때로는 듣는 사람에게 이성을 향한 그리운 마음을 더욱 돋아주게 된다. 어찌 들으면 그리운 사람을 부르는 소리 같기도 하고, 어떤 때에는 그 소리가 되어 그리운 사람을 불러 보고도 싶다. 그것이 어찌하여 그런지는 모르나, 어쩐지 그렇게 느껴지는 때가 있다.

님 그린 상사몽(想思夢)이 실솔(蟋蟀, 귀뚜라미)의 넋이 되어 추야장(秋夜長, 길고 긴 가을밤) 깊은 밤에 님의 방에 들었다가 날 잊고 깊이 든 잠을 깨어 볼까 하노라.

반야잔등(半夜殘燈, 밤중에 꺼져가는 등불) 공규(空閨, 오랫동안 남편이 없이 아내 혼자서 사는 방)에 떨어지는 기러기 소리를 그리운 이의 음신(音信, 먼 곳에서 전하는 소식이나 편지)인가 바라고, 그 소리에 그리운 정회를 붙이고 싶은 것과 마찬가지로 깊은 가을밤 상사몽을 깬 사람의 귀에는 귀뚜라미 소리도 무심히 들리지 않을 것이다. 깨고 나면 도리어 환멸을 느끼게 되는 야속한 꿈보다 그 꿈을 이루게 하는 그리운 정이 차라리 귀뚜라미 소리나 되었으면 그리운 님의 방에 살그니 들었다가 그가 그를 생각하고 애태우는 사람을 잊고 깊이 든 잠을 똘똘똘 불러 깨우고 싶도록 그리운 마음이 더욱 간절하여질 것이다. 그 가슴이 얼마나 안타까우랴.

그것은 어찌 귀뚜라미 소리뿐이랴. 온갖 벌레 소리가 모두 그러한 가슴에는 그렇게 울려질 것이다.

　벌레 소리도 그처럼 벌레를 따라 고저장단이 다르거니와 듣는 사람도 사람에 따라 그처럼 감상이 다른 것이다. 일반적으로 공통된 감상을 일으키게 되는 것도 물론이고…… 또한, 장소에 따라 다른 소리도 있거니와, 같은 소리건만 달리 들리는 것도 많다. 산에서 듣는 맛이 다르고, 들에서 듣는 맛이 다르기 때문이다. 같은 여치, 쓰르라미, 귀뚜라미 등의 소리건만 옛날 심산(深山, 깊은 산)에서 듣던 맛과 지금 이렇게 도회지 한 귀퉁이에서 듣는 맛은 결코 같지 않다. 고요한 심곡에 반향을 일으키던 벌레 소리는 소연(騷然, 떠들썩하게 야단법석임)하면서도 조화가 되어서 잠긴 맛이 있고, 맑고 차면서도 어디라 없이 그윽한 기분이 흘렀었다. 맑은 호숫물 같은 고요한 달밤에 그 소리를 가만히 듣고 있으면 풀리는 정서가 오령(伍齡, 누에가 네 번째 잠을 잔 뒤부터 섶에 올릴 때까지의 사이)된 누에의 실을 토하듯이 일사불란의 느낌을 주고, 맑아지는 마음은 그윽한 속에서 영원히 무슨 미더운 그림자를 따라가는 것 같은 쾌락이 있었다. 그러나 도회지 한 귀퉁이에서 요사이 매일 듣는 온갖 벌레 소리에는 그러한 취(趣, 풍취)가 퍽 희박하다. 가만히 들어 보면 어쩐지 그 소리는 조화가 되는 듯하면서도 조화를 잃어서 약속 없는 합창같이 소음이 태반이다. 그리고 텁텁한 기분이 어디라 없이 흐른다. 그러므로 듣는 사람에게 심산의 그 소리처럼 들려지지 않는다. 어쩐지 가슴을 울리기는 울리면서도 흡족히 울리지 못하고 어느 귀퉁이인지 빈 것 같다.

옛날 그 소리가 듣고 싶다. 앞산 송림 사이에 떨어지는 새벽달 그림자가 창으로 흘러들도록 잠을 이루지 못하고 사면에서 흘러나오는 벌레 소리를 듣는 나는 벌레 소리 속에서 벌레 소리를 그리워하게 된다. 옛날보다 나은 것을 보더라도 비슷한 옛날 기억을 더듬어 지나간 그림자를 도리어 그리워하는 일이 흔하거늘, 옛날의 그 소리면서도 옛날의 그 맛을 찾을 수 없는 소리 속에서 옛날의 그 소리를 그리게 되는 것은 더욱 그러할 일이다. 베잠방이(가랑이가 무릎까지 내려오도록 짧게 만든 베 홑바지)를 찬 이슬에 적시면서 새벽에 밭을 찾아 산으로 갔다가 황혼에 돌아오던 그 시절 그곳의 벌레 소리가 그립다.

어느 때의 벌레 소리라고 덜 좋으랴마는, 하루 일을 마치고 숲 사이 좁은 길로 돌아오는 황혼의 벌레 소리는 피곤한 마음을 위로하고 씻어 주는 것 같다. 황혼에도 초승달이 재를 넘을락 말락 하는 황혼의 벌레 소리는 호미를 메고 돌아오는 길에도 듣기 좋고 된장찌개와 조밥에 창자를 눅이고 뜰에 나앉아 들어도 또한 그럴듯한 것이다.

'이충명추(以蟲鳴秋, 벌레로써 가을을 울다)'라는 글귀가 있다. 그와 같이 가을은 벌레 소리가 가장 많은 시절이다. 어디로 가든지 벌레 소리를 들을 수 있다. 산이나 들에서 들을 수 있는 것은 더 말할 것도 없거니와 홍진(紅塵, 먼지)이 날리는 거리에서도 미약하게나마 들을 수 있다. 그 벌레 소리는 다른 시절의 벌레 소리와는 다르다. 다른 시절의 벌레 소리는 되다 만 소리처럼 미약하게 들리나 가을의 벌레 소리는 맺히고 맺혀서 단단히 여물은 벼 알갱이 같은 느낌을 준다. 다른 시절의 벌레 소리는 사람의 주의를 그처럼 끌지 않고, 따라서 사람의 마음에 별로 충동을 주지 않으나, 가을벌레 소리는 사람의 주의를 끌게 되고, 따라서 사람의 마음에 충동을 준다.

그것은 결코 단순한 충동이 아니다. 그리고 또 다른 때 벌레 소리는 시절의 종속(從屬, 주가 되는 것에 딸려 붙음)으로 들리나, 가을벌레 소리는 시절이 벌레 소리의 종속같이 들린다. 물론 벌레가 우니까 가을이 된 것이 아니라 가을이 되니까 벌레가 그렇게 우는 것이겠지만 듣는 사람에게는 벌레가 우니까 가을이 된 것 같은 느낌을 준다.

벌레의 울음소리는 가을의 마음의 울음소리다. 그 벌레 소리가 있음으로써 가을의 정조가 더욱 드러나게 된다. 가을은 그 마음을 벌레의 성대를 빌려 가지각색으로 울리고 있다. 우리의 마음은 그 온갖 벌레의 소리를 통하여 가을의 마음과 서로 어울리게 된다.

그 마음의 소리는 회고적이며 슬픔을 가장 많이 자아낸다. 시드는 풀 속에서 굴러 나오는 벌레 소리에 지나간 청춘을 회고하면서 백발을 만지는 늙은이의 슬픔도 그러한 것이요, 동경불동식(同耕不同食, 함께 지어놓고 같이 먹지 못함)을 서러워하는 청상과부가 공규(空閨)에 흘러드는 벌레 소리에 눈물을 짓는 것도 그 까닭일 것이다.

그러나 그 소리는 슬픔의 소리만이 아니다. 그 소리 속에는 진리의 움직임이 있다. 그 소리는 설법이 아니로되 설법이다. 듣는 사람에게 인과율을 분명히 가르쳐 주는 설법이다. 사람은 같은 사람의 입으로 흘러나오는 설법보다 이러한 설법 아닌 설법에서 얻는 것이 도리어 크다.

그런데 사람들은 가을이라고 하면 벌레 소리보다 흔히 단풍을 생각하게 된다. 어쩐지 귀를 울리는 것보다 눈을 찌르는 인상이 더 굳센 관계도 없지 않겠으나, 그처럼 일반적으로 벌레 소리에는 무심한 듯하다. 그래서 그런지 가을이 되면 단풍을 찾아 '풍엽홍어이월화(楓葉紅於二月花, 단풍든 잎은 2월에 피는 꽃보다 붉다)'를 감탄하는 사람들은 많이 보았으나, 벌레 소리를 일부러 찾아간다는 사람은 보지도 못하고 듣지도 못하였다. 일부러 찾아가는 것은 마음대로 못 하는 일이니 그렇다고 하려니와, 단풍은 말만 들어도 좋다고 하면서 현재 귓가에 듣는 벌레 소리에는 무심한 이가 많다. 하기는 충롱(벌레가 들어 있는 바구니)을 처마 끝에 달아 놓고 그 속의 벌레 소리를 듣는 이가 없지 않으나 그것도 정원에 단풍을 심는 사람에게 비하면 극히 적다.

그러나 벌레 소리는 결코 단풍에 뒤지지 않는다. 만일 가을에서 벌레 소리를 제외하여 보라. 가을은 너무도 적적할 것이다. 생명의 속삭임을 들을 수 없을 것이다. 단풍은 가을의 표정이다. 봄에 싹이 터 여름에 우거진 잎의 익은 표정이다. 그것은 홍엽(紅葉)만의 표정이 아니라 가을 천지의 표정이다. 그러나 그 표정만으로는 가을을 드러내기에 너무나 부족하다. 가을의 마음인 벌레 소리가 있어야 가을은 그 면목을 더욱 드러내게 된다.

_1929년 8월 28일~9월 1일 《동아일보》〈추창만감(秋窓漫感)〉

전원에서

오늘까지 꼭 열흘째 낚시를 하고 있나 보오. 가을바람에 벼 이삭이 고개를 숙여갈 때면, 나는 고기의 유혹에서 벗어날 수 없는 것이오.

형, 가을의 낚시란 참으로 여느 때의 그것에 비할, 그러한 성질의 것이 아니구려. 귀뚜라미 소리가 숲속에 여물면 수족(水族, 물고기)의 건강도 창포 속에 여무오. 그리하여 비록 술 쪽(쪼개진 물건의 한 부분) 같은 작은 놈이 물린다 해도, 물살을 막 찢어 내면서 펄떡거리는 것을 보는 그 맛이란 여간 신묘한 것이 아니오. 더욱이 요즘은 고기 족속들의 정례(定例, 정기적 또는 계속해서 행해지는 사례) 여행 시절이어서 왕래가 빈번하므로 여느 때의 곱절이나 물리는 것이오. 그래, 오늘도 다래끼(물고기를 잡거나 잡은 물고기를 넣는 데 쓰는 그릇)가 철철 넘치게 한 짐을 지고 들어왔구려.

형! 나는 창작도 잊었소, 독서도 잊었소. 아니, 침식(寢食, 잠자는 일과 먹는 일)

까지 잊었다고 함이 옳을 것이오.

첫닭이 울면 분주히 낚싯대를 메고 다래끼를 들고 길을 나서오. 물론 십 이 전짜리 대팻밥 벙거지(대팻밥으로 만든 모자)를 머리에다 올려놓는 것 역시 잊지 않으오. 그리고 해가 지면 강변에다 미련을 남겨둔 채 달그림 자어리는 밤길을 더듬어 돌아오오.

형! 도시에서는 이것을 그 언젠들 한번 맛이나 볼 수 있겠소?

닭의 울음소리를 멀리 촌가(村家)에 두고, 그윽이 들리는 그 소리와 같 이, 훤히 트이는 새날을 맞으며 안개 자욱한 강변으로 이슬 내린 풀밭 길 을 달리어 나가는 그 맛은, 참으로 새날을 맞는 그러한 기분이오. 그리하 여 이러한 기분을 한아름 안은 채 낚시질에 맛을 들여, 세상의 뜬 시름을 깨끗이 잊고, 오직 나를 위해 그 하루를 사는 것이오. 나를 위해 사는 그 하루는 얼마나 깨끗한 하루겠소?

형! 이것이 바로 내게 날마다 강변에 한 폭의 풍경화를 꾸며 놓게 하는 소이(所以, 까닭)가 아닌가 하오.

형! 물론 형은 오늘도 볕이라고는 일 년 열두 달 한 번도 들지 않는 음산 한 콘크리트 2층 구석방에서 신문 삽화에 온종일 지치다가 지금쯤은 곤 히 잠들었을 것이오. 얼마 전 편지에 보니, 이번 가을엔 세상없어도 뚝섬 으로 거처를 옮겨야겠다고 했으니, 오죽 진세(塵世, 티끌 많은 세상)의 소음이 싫어서 통근하기 그토록 불편한 곳으로 옮길 생각을 했겠소.

형! 형! 한번 내려오시오. 다만, 며칠 동안이라도 농촌의 신선한 자연 속에서 나와 같이 풍경화의 주인공이 되어 보지 않으려오?

하늘이 높고, 강도 푸르면 말도 살이 찐다는데, 철(계절)도 모르는 형의 생활 속에 구석구석 들어찼을 법한 티끌을 농촌의 자연으로 한번 씻어 주고 싶은 생각이 간절함은 나의 지나친 생각이겠소? 더욱이 형이 즐기는 붕어 장조림이 우리 집에는 지금 막 묵어나오(제때 처리를 못 하고 묵어서 남음). 그러니, 한번 내려오시오. 백화점 지하실에 케케묵어 나는 망둥이 조림에 비할 바가 아니오.

며칠 전까지만 해도 그것을 형에게 좀 부쳐 보낼까 했지만, 형을 한번 끌어내리려고, 그리하여 형이 내려올 것을 믿고 부치지 않기로 했소. 그러니 꾸짖지 말고 한번 내려오오.

기별하면 내 정거장까지 마중을 나가겠소. 그러면 답장 주오.

10월 10일 밤.

_창작연도 미상

창공에 그리는 마음

벌써 데파―트의 쇼윈도는 홍엽(紅葉)으로 장식되었다. 철도 안내계가 금강산, 소요산 등등 탐승객들에게 특별할인으로 가을의 서비스를 한다고들 떠드니 돌미력(돌미륵)같이 둔감한 내게도 어쩌면 가을인가? 싶은 생각도 난다.

외국의 지배를 주사침 끝처럼 날카롭게 감수하는 선량한 행운아들이 감벽(紺碧, 검은빛이 도는 짙은 청색)의 창공을 쳐다볼 때 그들은 매연에 잠긴 도시가 싫다기보다 값싼 향락에 지친 권태의 위치를 바꾸기 위해서는 제비 새끼같이 경쾌한 장속(裝束, 차림새)에 제각기 시골의 순박한 처녀들을 머릿속에 그리며 항구를 떠나는 갑판 위의 젊은 마도로스와도 같이 분주히 시골로, 시골로 떠나고 만다. 그래서 도시의 창공은 나와 같이 올 데 갈 데

없이 밤낮으로 잉크 칠이나 하고 있는 사람들에게 맡겨진 사유재산인 것도 같다.

그래서 나는 이 천재일시(千載一時, 좀처럼 만나기 어려운 좋은 기회라는 뜻으로 '천재일우'와 같은 말)로 얻은 기회를 놓치지 않겠다고 나의 기나긴 생활의 고뇌 속에서 실로 짧은 일순간을 비수의 섬광처럼 맑고 깨끗이 개인 창공에 나의 마음을 그리나니 일망무제! 오직 공(空)이며 허(虛)! 이것은 우주의 첫날인 듯도 하며 나의 생의 요람인 것도 같아라.

신은 아무것도 없는 공과 허에서 우주 만물을 창조하였다고, 자기 뜻대로 만들었다고 사람들은 말하거니, 나도 이 공과 허에서 나의 세계를 나의 의사대로 바둑이나 장기를 두는 것처럼 손쉽게 창조한들 어떠하리. 그래서 이 지상의 모든 용납될 수 없는 존재를 그곳에 그려본다 해도 그것은 나의 자유이어라.

그러나 나는 사람이니, 일하는 사람이니, 한 사람을 그리나 억천만 사람을 그려도 그것은 모두 일하는 사람뿐이어라. 집에서도 일하고, 벌판에서도 일하고, 산에서도 일하고, 바다에서도 일을 하나, 그것은 창공을 그리는 나의 마음에 수고로움이 없는 것처럼 그들이 하는 일은 수고로움이 없어라. 오직 유쾌함만 있나니, 그것은 생활의 원리와 양식에 갈등이 없거늘, 나의 현실은 어찌 이다지도 착종(錯綜, 이것저것이 뒤섞여 엉클어짐)이 심한고? 마음은 창공을 그리면서 몸은 대지를 옮겨 디뎌 보지 못하는가?

가을은 반성의 계절이라고 하니, 창공을 그리는 마음아, 대지를 돌아가자. 그래서 토지의 견문(見聞, 보거나 듣거나 하여 깨달아 얻은 지식)을 창공에 그려보듯이 다시 대지에 너의 마음을 마음대로 그려보자.

_1934년 10월 《신조선》

백리금파에서

＊백리금파란 '백 리에 걸친 금빛 물결'이라는 뜻으로, 넓은 들판에 벼가 금빛으로 익은 모양을 일컫는다.

고개를 넘어, 산허리를 돌아내렸다. 산 밑이 바로 들, 들은 그저 논의 연속이다. 두렁풀을 말끔히 깎았다. 논배미마다 수북수북 담긴 벼가 연하여 백리금파를 이루었다.

여기저기 논을 돌아다니는 더벅머리 떼가 있다. '우여, 우여' 소리를 친다. 혹 '꽝꽝' 석유통을 두드리기도 한다. 참새들을 쫓는 것이다.

참새들은 자리를 못 붙여한다. 우선 내 옆에 있는 더벅머리 떼가 '우여' 소리를 쳤다. 참새 떼가 와르르 날아갔다. 천 마리는 될 것 같다. 날아간 참새들은 원을 그리며 저편 논배미에 앉아 본다. 저편 애놈들은 날아 앉은 새 떼를 보았다. 깨어져라, 하고 석유통을 두들긴다. 일제히,

"우여!"

소리를 친다. 이 아우성을 질타할 만한 담력(膽力)이 참새의 작은 심장

에 있을 수가 없다. 참새들은 앉기가 무섭게 다시 피곤한 나래를 쳐야 한다. 어디를 가도 '우여, 우여'가 있다. '꽝꽝'이 있다. 참새들은 쌀알 하나 넘겨보지 못하고 흑사병 같은 '우여, 우여', '꽝꽝' 속을 헤매는 비운아들이다. 사실 애놈들도 고달플 것이다.

나와 내 당나귀는 이 광경을 한참 바라보고 있다. 나는 나귀 등에서 짐을 내려놓고 그 속에서 오뚝이 하나를 냈다.

"얘들아, 너들(너희) 이리 와 이것 좀 봐라."

하고, 나는 '오뚝이'를 내 들고 애놈들을 불렀다.

애놈들이 모여들었다.

"얘들아, 이놈의 대가리를 요렇게 꼭 누르고 있으면 요 모양으로 누운 채 있단 말이다. 그렇지만 한 번 이놈을 쓱 놓기만 하면 요것 봐라, 요렇게 발딱 일어선단 말이야."

나는 두서너 번 오뚝이를 눕혔다 일으켰다 하였다.

"이것을 너들에게 줄 테다. 한데 씨름을 해라. 씨름에 이긴 사람에게 이것을 상으로 주마."

애놈들은 날래(빨리) 수줍음을 버리지 못한다. 어찌어찌 두 놈을 붙여 놓았다. 한 놈이 '아낭기(씨름 기술 중 하나)'에 걸려 떨어졌다. 관중은 그동안에 열이 올랐다. 허리띠를 고쳐 매고 자원하는 놈이 있다. 사오 승부(勝負)가 끝났다. 아직 하지 못한 애놈들은 주먹을 쥐고 제 차례 오기를 기다렸다. 승부를 좋아하는 저급한 정열은 인류의 맹장(盲腸) 같은 운명이다.

결국, 마지막 한 놈이 이겼다. 나는 씨름의 폐회(閉會)를 선언하고 우승

자에게 오뚝이를 주었다. 참새들은 그동안에 배가 불렀을 것이다.

이리하여, 나는 천석꾼이의 벼 두 되를 횡령(橫領)하고 재산의 7전가량을 손(損)하였다. 천 마리의 참새들은 오늘 밤 오래간만에 배부른 꿈을 꿀 것이다.

_1950년 수필집《무하선생 방랑기》

청량리

때때로 나는 서울을 미워한다. 그러다가 그를 아주 버리지 못하는 이유 하나는 그가 그 교외에 약간의 사랑스러운 산보로(산책로)를 갖고 있기 때문이다.

산보는 군의 건강에는 물론 사상의 혼탁을 씻어주는 좋은 위생이기도 하다. 몸만 허락하면 매일이라도 좋지만, 비록 토요일 오후나 일요일 아침에라도 동대문에서 갈라져 나가는 청량리행 전차를 잡아타기를 나는 군에게 권하고 싶다.

왜 그러냐면 그 종점은 내가 사랑하는, 그리고 군도 사랑할 수 있는 가장 아담한 산보로 하나를 갖고 있는 까닭이다.

종점에서 전차를 내려 논두렁에 얹힌 좁은 길을 따라가면 북으로 임업시험장(홍릉수목원) 짙은 숲속에 뚫린 신작로에 쉽사리 나설 수 있다. 세상

소리와 흐린 하늘을 피해 우리는 숲속에 완전히 몸을 숨길 수도 있다.

군은 고요한 숲을 사랑하는 우량한 사항을 가지고 있으리라고 나는 믿는다. 일찍이 아리스토텔레스도 그 철학을 숲속에서 길렀다고 하지 않는가?

숲 가장자리에는 그린 높지 않은 방천(防川, 둑을 쌓거나 나무를 많이 심어서 냇물이 넘쳐 들어오는 것을 막음. 또는 그 둑)이 좌우 옆에 갈잎을 흔들면서 맑은 시냇물을 데리고 길게 돌아간다. 이 방천을 걸으면서 군은 서편 하늘에 짙어가는 노을을 쳐다볼 수 있을 것이다. 풀잎에 맺힌 이슬방울을 손바닥에 굴릴 수도 있을 것이다.

은모래 위를 조심스럽게 흘러가는 그 맑은 시냇물에 군의 불결한 사상을 가끔 세탁하는 것은 군의 두뇌의 건강을 위하여 충분히 청량제가 될 수 있는 일이다.

숲속의 산보로 ─ 나는 때때로 붓대를 책상 귀에 멈추고는 생각을 그 길 위로 달리기도 한다.

_1935년 11월 《조광》 창간호

주을온천행

1934년 10월 17일 아침 일곱 시.

양칫물을 뱉고 머리를 들어 보니 흐릿한 안개를 둘러쓴 어두운 바다가 눈앞에 부풀어 오른다. 그 위에서 얼빠진 윤선(輪船, 기선의 옛말) 한 척이 흰 연기를 가늘게 올리고 있을 뿐, 아무 데도 이 항구를 둘러앉은 주회(周回, 둘레를 빙 돎) 산맥은 보이지 않는다. 그렇도록 청진은 항구로서는 형승(形勝, 지세나 풍경이 뛰어남. 또는 뛰어난 지세나 풍경)의 지(地)가 아닌 것 같다. 그도 그럴 것이 도무지 바다를 무서워하지 않는 것처럼 그 가슴을 아무 두려움 없이 바다의 복판에 내밀고 있다.

내가 든 여관은 산등어리의 겨우 중품(중턱)에 있다. 바다와의 사이의 좁은 땅 오래기(오라기. 길고 가느다란 지형)에 역시 좁은 외통거리(외길)가 겨우 몸을 비비고 들어앉은 이 항구에서는 사람들이 들어 사는 집은 될 수 있는 대로 산으로 바로 올라갔고, 그 산꼭대기에는 도야지(돼지) 울(우리)이 삐뚤어져 붙어 있다. 일제히 바다로 향하여 창을 붙인 그러한 산등어리의 우스운 집들을 바라보면서 있노라니까, 우연히 동행이 된 박 형이 쫓아와서 기위(旣爲, 이미) 이곳까지 왔던 김이니 주을온천을 구경하는 것이 어떠냐고 자주 유인한다.

사실 다음 날까지 우리는 이 항구에서 별로 할 일을 가지지 않았다. 박 형의 말에 의하면, 그것이 모두 우리를 위하여 준비된 천재일우의 기회라는 것이다. 한편으로 생각하면 주을 구경은 이번 길의 부산물이라면 그 위에 없는 부산물일 것임이 틀림없을 것 같아서, 나도 곧 찬동하고 아침밥을 얼른 치르고 나서 아홉 시 이십오 분에 청진역을 떠나는 기차를 타기 위하여 황망히 여관을 나섰다.

일행은 박 형과 그리고 요즈음까지 중앙일보 청진지국을 경영하시던 남씨와 겨우 세 사람으로 쓸쓸하나마 지극히 단란한 행중(行中, 함께 길을 가는 모든 사람)이었다.

신암동 어구(어귀)에서 버스를 기다려 탔다. 이곳 버스는 사실 나그네에게 그 위에 없이 정다웁다. 정해놓은 정류장이라고는 없고 아무 데서라도 손님이 손만 들면 누런 칠을 한 버스는 반드시 그 손님 앞에 와서 서며 또한 볼일이 있는 곳에서 스톱만 외치면 아무리 급한 스피드로 달리다가도 딱 서서 손님을 내려놓고야 간다. 이 일은 실로 청진항구가 그를 처음 찾아가는 손님에게 바칠 수 있는 가장 큰 친절일 것이다.

버스는 정어리 냄새가 무럭무럭 코를 찌르는 길을 먼지를 차―일으키면서 천마산을 끼고 돌아간다. 거기서는 수많은 인부가 천마산을 깨뜨려서 바다를 메우는 공사로 바쁘다. 너무 지나치게 우뚝 바다로 비어져 나온 천마산은 사실 청진의 번영을 가로막는 한 커다란 천연적 장애물일 것이다. 그렇게 옹색한 곳에 거리를 경영하고 있는 청진 시민들도 무척 우김새(잘 우기는 성질)가 많기는 하나, 강적 나진이 등덜미에서 잔뜩 위압하고 있는 오늘날, 청진은 역시 천마산을 부수고 수성평야로 진출을 꾀할밖에 없을 것이다.

역에 왔더니 뜻밖에 조선일보 청진지국장 박씨가 어디로부터 달려와서 행중에 뛰어들었다. 그러자 다소간 사람의 수효로 보아서 적막하던 행중은 갑자기 화창해졌다.

우리를 태운 기차는 수평평야의 동쪽 깃을 주름잡으며 북으로 거슬러 올라간다. 평야 복판을 가르고 흘러가는 수성천 맑은 시냇물이 서편으로 기울어지는 것을 가로막아서 긴 콘크리트 방천이 바닷가까지 늘어졌다. 남씨는 그 물을 차창으로 가리키면서 '청진의 생명수'라고 일러준다. 이 평야는 이윽고 면모를 일신하고 지도 위에 새로운 중요 점이 되어 나타나리라 한즉, 그 위에 이들의 서편 끝인 나남이 동으로 팽창하고, 청진이 또한 서편으로 발전한다면 수성, 나남, 청진을 세 정점으로 한 각 변 삼십 리의 삼각형을 이룬 일대의 땅에 누만(累萬, 여러 만이라는 뜻으로, 아주 많은 수를 이르는 말)의 인구를 포용할 대도시를 그리는 청진 주민의 꿈도 결코 한 조각 몽상은 아닐 것이다. 그뿐만 아니라 지리적, 경제적으로도 수성평야는 한 개의 예단할 수 없는 가능성을 갖고 있는 것만은 여하간 사실인 것 같다. 북조선 경기의 고기압의 중심이 나진에 있음에도 불구하고 청진 거리에서 만나는 사람들의 얼굴에, 화물자동차의 고함소리에, 신암동의 훤소(喧騷, 뒤떠들어서 소란함) 속에 일종의 진정치 못하는 활기가 흐르는 것도 그 까닭이 아닐까? 그러나 그러한 것들이 과연 얼마나 영구적이며, 또한 아님을 나는 모른다.

수성에서 기차는 다시 남으로 꺾어져서 이번에는 평야의 서편을 끼고 내려간다. 기차를 피하여 달아나는 송아지는 언덕 위에 올라서서, 가벼웁게 떠 있는 푸른 하늘에 머리를 추어 들고 입을 벌렸다 닫았다 한다. 아마도 겁난 김에 엄마소를 부르나 보다.

아직 채 거둬들이지 않는 논두덕(논둔덕. 논가에 두두룩하게 언덕진 곳)에 걸터앉아서 모진 일 뒤에 짧은 쉼 시간을 즐기고 있는 아청(검은빛을 띤 푸른빛) 저고리에 검은 치마를 두른 아낙네들이 군데군데 굽어 보인다. 햇볕에 그은 구릿빛 얼굴들이 이쪽을 향하여 노려보기도 한다. 진한 눈썹 아래서 둥근 눈방울이 검게 빛난다. 박 형은 두 번 세 번 입을 다시며 관북 여성의 건강미를 찬탄하여 마지않는다.

작은 사과밭과 양철지붕, 아카시아에 덮인 길이 있는 지극히 조용한 거리의 역에 차는 잠깐 섰다. 경성읍이다. 읍은 산모록(산기슭)에 돌아앉았는지 인가도 성터도 학교도 볼 수 없다.

오전 열 시 반주을역에 도착하였다.

역 앞 넓은 뜨락(뜰. 여기서는 '광장'으로 추정됨)에서는 커다란 버스 한 대가 머리를 서편 산골 쪽으로 두고 서서 손님을 기다린다. 온천은 여기서도 삼십 리를 더 들어간 산골이란다. 그곳까지 자동차 값이 사십 전.

쉬는 날인 까닭인지 버스는 어느덧 만원이고 점심을 둘러멘 사람, 지팡이를 짚은 사람 등 십여 명이 버스 밖으로 밀려 나와 다음 차편을 물어본다.

술집인 듯한 말쑥한 집들이 서로 마주 보고 있는 그렇게 짧지 아니한 거리를 아주 빠져 나오자 버스는 숨을 가다듬어 가지고 더욱 기운차게 구르기 시작한다. 운전대 바른편에 시든 단풍나무 가지가 꽂혀서 자동차가 앞뒤로 들놀 때마다(들썩거리며 이리저리 흔들릴 때마다) 쪼개진 잎사귀들이 젊은 운전사의 얼굴을 때린다. 그래도 그는 도무지 머리를 피하려 하지 않는다. 마치 오래지 않아 떠나가려는 계절의 가책(꾸짖음)을 마음껏 몸에 새겨두려는 듯이….

몇 구비 산길을 지나는 동안 길은 어느새 개천가에 나섰다. 좌우에 늘어선 산발(산줄기)은 푸른 솔밭 사이에 군데군데 붉은 단풍을 입었는데, 그 산과 산 틈에 희디흰 돌멩이가 깔려 있고 그 위를 맑디맑은 시냇물이 비단 폭을 흘리는 듯이 미끄러진다. 평평한 곳에서는 물줄기가 부챗살처럼 펴져서 햇볕을 거르기도 하고, 여울(강이나 바다의 바닥이 얕거나 폭이 좁아 물살이 세게 흐르는 곳)이 진 곳에서는 갑자기 굵은 물결이 단이 되어서 용솟음치기도 한다.

그리 높지 않은 바위에서 낚싯대를 여울에 드리우고 하염없이 물속을 들여다보고 있는 늙은이가 있다. 아마도 오늘 하루만은 그의 뒤를 쫓아다니던 속무(俗務, 여러 가지 세속적인 갖가지 일)가 그를 놓아준 게다. 한 마리 날랜 산천어 때문에 그는 오늘 하루를 완전히 잊어버릴 수 있을 게다. 새삼 스럽게 고르지 못한 인생의 배치를 웃어주고 싶다.

차는 또다시 시내를 끼고 조급히 밭두덩과 두덩 사이의 언덕길을 올라 간다. 내 앞에 앉았던 남씨가 갑자기 왼쪽 밭이랑 속에 뚫린 좁은 오솔길 을 손가락질하면서 용여폭포로 내려가는 길이라고 가르쳐준다. 흰 석벽 에 그리는 그 상쾌한 모양은 언덕이 가려서 물론 볼 길이 없거니와 용담 을 울리는 장쾌한 그의 울음조차 쉴 새 없는 발동 소리에 저해되어 결국 들을 수 없다. 용연아, 다음 기회에는 오늘의 일정에서 제외된 너의 설움 을 반드시 풀어주마.

속세의 시끄러운 조음(粗音, 시끄러운 음)을 싫어하는 온보(온천)는 산으로 둘러싸고 또 둘러싼 골짝 속에 깊이 숨어 있어서 길게 목을 빼 들고 이리 저리 살펴보는 나의 눈앞에 좀처럼 그 모양을 나타내려 하지 않는다.

차는 온보가 숨은 곳을 찾아 헤매는 듯 붉고 푸른 산길을 한 겹 두 겹 제 치면서 산맥의 품속을 헤치고 더욱 깊은 데로 들어간다. 이윽고 길게 가 로막아 앉은 산을 돌아갔더니 우뚝 솟은 높은 봉우리 발밑 낮은 곳 긴 방 천(둑을 쌓거나 나무를 많이 심어서 냇물이 넘쳐 들어오는 것을 막은 둑) 저편에 역시 낮은 지붕과 흰 벽이 가라앉아 보인다. 인제야 그것이 주을온보란다.

오전 열한 시가 조금 지나서 버스는 오랜만에 나타난 산중의 작은 거 리 복판에 손님을 내려놓는다. 우리는 온보거리에서 발을 멈추지 않고 그 길로 먼 산골짜기로 꼬리를 감춘 탄탄대로를 더듬어 올라갔다. 천험 세 령(嶺, 고개)을 넘어서 무산으로 통하는 이등도로다.

아카시아나무('아까시나무'의 잘못) 그림자가 엷게 깔린 길을 거리에서 2리 가량 올라가서 우리는 "사나운 개가 있소. 주인의 허가 없이 들어오지 마오."라고 쓰인 게시판이 붙은 돌문 앞에서 멈춰 섰다.

문 안에는 서리 맞은 검푸른 상록수와 잎사귀를 반나마 잃어버린 활엽수, 관목의 떼로 된 거친 정원이 있고, 그 정원 군데군데 양철지붕이 햇볕을 이고 떠올라와 보인다. 이것이 주을온천의 한 특이한 매력을 주는 백계로인(白系露人, '백계 러시아 인'의 음역어) 양코스키 별장촌이다. 그 정원을 굽어보는 북쪽 산등어리 중품에도 역시 여기저기 매우 경쾌해 보이는 간단한 양풍(서양식) 별장들이 솔밭 속에 흩어져 있다.

여름이면 상해, 하얼빈 등지로부터 수백 명의 백계로인 남녀가 이곳에 모여들어서 밤을 새워 강한 보드카를 기울이면서 사바귀 춤(사마귀 춤. 4박자 리듬의 사교춤)을 추며 혹은 볼가의 뱃노래를 부르면서 광란의 한여름을 보낸다고 한다. 정원 한복판에 세운 높은 기죽(旗竹, 긴 천을 매달아 꽂아 놓는 대나무) 꼭대기에서는 제정 러시아의 옛 국기를 한구석에 떠 붙인 흰 삼각기가 푸른 하늘을 등지고 펄럭거린다. 무너져 버린 그들의 옛 영화와 꿈에 대한 영구한 향수와 추억의 표상이다. 그들은 아침마다 레코드로 옛 국가를 들으면서 이 상복 입은 기폭을 향하여 거수의 예를 함으로써 지나간 날에 대한 경의를 표한다고 한다.

지금 그 여름이 다 가고, 그들이 또한 짐을 싸서 동양의 구석구석으로 흩어진 뒤라 정원에는 가을바람조차 얼마 설레지 않고, 소리 없는 적막만이 흐른다. 우리는 고무 볼이 아니고 마른 나뭇잎사귀가 굴러다니는 쓸쓸한 테니스 코트를 지나서 나무거루(나무그루. 나무의 밑동이나 그루터기) 사이에 비뜰려진 오솔길을 연기가 나는 오직 하나뿐인 지붕 쪽으로 향하여 내려갔다. 거의 울적에 가까운 이 백인 가족의 왕성한 식욕을 기다리는 토종 암탉 두어 마리가 햇볕에 몸뚱어리('몸뚱이'를 속되게 이르는 말)를 씻으면서 길 양쪽에서 놀고 있었다.

과연 마루 밑에서 낮잠을 자던 험상한 셰퍼드가 벌컥 머리를 들고 성낸 눈짓으로 낯선 손님들을 노려본다. 우리는 개의 시선을 될 수 있는 대로 피하면서 조심스럽게 낮은 철문을 두드렸다. 그랬더니 짧은 에이프런(앞치마)을 두른 청년이 나왔다. 그의 말에 의하면, 주인 양코스키는 웅기(함경북도 경흥군에 있는 항구 도시)로 볼 일이 있어서 갔고, 다른 식솔들은 모두 밖에 나갔다는 것이다. 그의 호의로 우리는 주인 없는 빈 뜨락을 마음대로 구경할 수 있었다.

우리는 우선 그 사나운 셰퍼드를 처치해 주기를 청하였다. 그러자 청년은 누워 있는 셰퍼드의 등에 눈웃음을 던지면서 "아무 일 없소. 아주 순한 개요." 하고 대답한다.

그렇게 듣고 나서 다시 그 개를 굽어보니 어디까지나 낮잠을 들려고 애쓰고 있을지언정, 그 졸린 듯한 표정이 우리를 향해 아무런 악의도 품고 있지 않은 것이 분명해 보였다. 그리고 본즉, 역시 대문에 붙인 게시는 외국에 와서 사는 사람들의 비겁한 심리가 시키는 한 시위운동에 지나지 않는 겐가 보다.

우리는 쓴웃음을 웃으면서 돌층계를 돌아서 물소리를 쫓아 내려갔다.

골짝(골짜기)을 굴러떨어지던 급한 물은 한데 모여서 이 정원 한가운데 시퍼런 소(沼, 연못)를 이루었다. 깨끗한 모래가 그 푸른 소를 조심스럽게 담고 있고 깎아 세운 듯한 바윗돌이 그것을 다시 에워싸고 있다. 높은 바위와 바위 사이에 걸쳐 놓은 위태로운 나무다리를 건너서 우리는 하늘을 가리는 깊은 숲속 오솔길을 헤치고 낮은 골짝의 모래불(모래부리 또는 모래톱)까지 내려갔다.

머리 위에 체중을 싣고 추기던 허궁다리('허궁다리'의 잘못. 양쪽 언덕에 줄이나 쇠사슬을 건너지르고, 거기에 의지하여 매달아 놓은 다리)가 아찔하게 쳐다보인다. 여기서 여름이면 수많은 뜻 잃은 백인 남녀가 어리꽂인(매우 어리광스러운) 물장난과 마음 빈 웃음소리와 아우성 속에 잃어버린 그들의 왕국에 대한 끝이 없는 향수를 흩어버리면서 피부에까지 치밀어오는 고국으로 향하는 끊임없는 정열을 한 가지로 식힌다고 한다.

오심암

우리는 마치 어느 러시아 작가의 소설 속을 헤매고 난 듯한 막연한 느낌을 가슴에 받아 가지고 그 센티멘털한 뜨락을 나왔다. 그러고 보니 작은 골짝을 사이에 놓고 마주 안고 뻗어 나간 이 장백산맥 지맥의 그 어느 봉우리고 감상에 젖어 있지 않은 것이 없다. 가을은 저의 슬픔을 감추지 못하는 정직한 계절이다.

오지의 재목(材木, 목조의 건축물이나 기구 따위를 만드는 데 쓰는 나무)을 나르는 '또롱이' 철길을 따라서 우리는 더욱 올라간다. 들어가면 갈수록 붉은 빛이

엉크러져(얼크러지다. 일이나 물건 따위가 서로 얽힘) 꾸미는 산발이 티 하나 없는 남벽(藍碧, 남빛을 띤 짙은 푸른색) 하늘의 캔버스 위에 한 층 더 선명하게 떠오른다. 발길이 더듬어 들어가는 곳에 산의 기개는 더욱더 날카로워져서 검은 바위가 남빛 하늘을 찌르고 있고, 그 산의 어깨와 몸뚱어리에는 정묘(정밀하고 묘함)를 다할 한 폭 자수가 들러졌다. 누구의 발명인지는 모르되, 금수강산이라는 말이 오늘 비로소 실감을 가지고 나의 마음에 떠오른다.

소를 푸는 농부더러 그 산의 이름을 물었더니, 이름이 없다고 머리를 절레절레 흔들어 보인다. 옳겠다. 그것으로 좋다. 산아, 너는 이름도 아무 전설도 가지지 마라. 다만, 너를 찾는 사람의 흐린 가슴에 너의 맑은 그림자를 드리워 보이면 그만이다. 그 어느 문호(글을 쓰는 사람)나 묵객(그림을 그리는 사람)의 서투른 문장이나 화폭 속에 남는 것보다도 너는 해오래비(해오라기)와 같이 여기에 겸손하게 서 있음이 얼마나 좋을지 모른다.

이 부드러운 풍경 속에 점점 녹아 들어가는 자신을 걷잡지 못하면서 우리는 단애(斷崖, 깎아 세운 듯한 낭떠러지)의 낮은 허리를 감돈 길을 돌아간다. 문득 머리 위에 혹은 손아래 무리를 떠난 외나무 단풍이 나타난다. 빨간 분수같이 붉은 물이 그대로 스치는 사람의 옷깃을 적실 것만 같다.

두보(당나라 시인)는 봄을 그려서,

강물이 푸르니 새 더욱 희고 江碧鳥逾白

산이 푸르니 꽃 빛은 불붙는 듯하도다 山青花慾然

이라고 하였단다.

그 비유도 아름답지만, 이 산의 단풍이야말로 꽃처럼 불타고 있는 것이 아니냐? 아니다. 탈대로 타고 또 타다가 드디어 정열의 최고조에서 그 이상 탈 수가 도시(도무지) 없어 일순간 불꽃에서 열은 식어버리고 색채만 남은 것이 아닌가 싶다.

발아래는 누구의 손으로 다듬었는지 모르는 깨끗한 화강석이 가지각색으로 깎여져서 미끄러운 돌판(돌이 많이 깔린 곳)을 이루었는데 그 복판의 느린 층층계를 점잖은 물이 하늘의 푸른빛을 띄우고 그다지 총총하지 않게, 그다지 느리지 않게 흘러간다.

길게 앞을 가린 산을 돌아서 병풍처럼 둘러선 벼래('벼루'의 잘못. 강가나 바닷가에 있는 벼랑)를 한 구비 끼고 돌아갔더니, 갑자기 길가의 바위가 은은히 울기 시작한다.

바라보니 거기도 또한 작은 병풍이 비스듬히 벌어진 곳에 담회색 바위가 좌우로 날카롭게 일어섰고 그 사이를 두터운 폭포가 일만 줄기의 명주실을 늘이면서 드리웠다. 그윽한 물소리가 먼 벼래에 울리는 음향과 또 여음에 서로 조화되어 은은한 교향악을 듣는 것 같다. 엉성한 수풀 속을 헤치고 마른 잎사귀를 밟으면서 폭포까지 내려가서 그것을 버티어 있는 바위 위로 기어 올라갔다.

그 바위를 가리켜 어느 건방진 옛사람이 오심암이라고 이름을 지어주었다고 한다. 그보다도 조금 더 겸손한 누구는 세심암이라고 불렀다고 한다. 기운차게 일어선 산빨('산발'의 잘못. 산줄기)이 이곳에 이르러 오심암의 절경을 남기기 위하여 한 둥근 골짝을 이루어 놓고 다시 다물어졌다.

짙은 단풍 빛에 붉고 누렇게 물든 검은 절경의 성장, 그것을 선에 두른 동해보다도 더 푸른 하늘빛 천사가 흘리고 간 형겊인 듯 봉우리 위에 가볍게 비낀 백옥보다도 흰 엷은 구름조각. 이것은 분명히 자연히 흘려놓은 예술의 극치다. 그러나 겸손한 자연은 그의 귀한 예술의 홍진(紅塵, 티끌 또는 먼지)에 물들 것을 염려하여 그것을 이 깊은 산골짝에 감추었던 것인가 보다.

어구까지 버스를 불러오고 이곳까지 이등도로를 끌어오는 것은 본래부터 그의 뜻은 아니었을 게다. 오직 사람만이 장하지도 아니한 그들의 예술을 천하에 뽐낼 기회만 엿보나 보다.

둘러보건대, 이 골짝에는 일찍이 먼지를 품은 미친바람과 같은 것은 지나간 본 일이 아주 없었나보다. 그래서 아득히 쳐다보이는 높은 하늘 아래 티끌을 품은 듯한 아무것도 없다. 잠깐 나 자신을 굽어보니 허옇게 먼지 낀 의복, 그 밑에 숨은 먼지 낀 내 몸뚱어리, 그리고 또 그 속에 엎드린 먼지 낀 내 마음, 나는 그 텃기 모르는 순결한 자연 속에 쓰레기처럼 동떨어진 내 몸의 더러움을 새삼스럽게 부끄러워하였다.

바위를 소름 치게 하는 찬 물방울, 그 밑에 굽이치는 사나운 물바퀴, 그 물에 적시기 전에 내 마음은 골짝을 채우는 물소리에 벌써 씻겨지기 시작하였던 것이다. 우선, 돌아가고 싶은 마음을 씻어버렸다. 다음에는 행(일행) 중 그 누가 모두 일제히 그 물에 빠져 죽자고 한 말이 절대 부자연하지 않도록 벌써 생에 대한 그 꾸준한 애착을 씻어버렸다.

차디찬 바위 위에 신발을 벗고, 모자를 던지고, 외투를 벗어 팽개치고, 반듯이 누워서 눈을 감으니, 인생도 예술도 다 어디로 사라지고 오직 끝없는 망각이 내 마음을, 아니 우주를 채우며 온다. 그러나 몸을 식히며 스며드는 찬기(차가운 기운)는 어느새 거리에서 멀리 떨어진 우리의 위치를 깨닫게 한다.

우리는 채 씻기지 않은 마음을 거두어 가지고 잠시나마 정을 들인 오심암을 두 번 세 번 돌아다보면서 간 길을 다시 내려오기 시작하였다. 좋은 벗을 떠나기란 싫은 것처럼 좋은 자연에도 석별의 정은 마찬가진가 보다. 또한, 좋은 음식을 만났을 때 벗을 생각하는 것이 자연스러운 것처럼 떠나고 싶지 않은 자연을 앞에 두고는 멀리 있는 벗들이 갑자기 그리웁다. 나는 마음속으로 어느새 오심암에게 무언의 약속을 주어 버렸다.

'내년에는 벗을 데리고 또 찾아오마.'고—

오심암에서 러시아인 별장까지 삼 리가량 내려오는 길은 가던 길보다 훨씬 빨랐다. 마침 별장 문전에서 이쪽으로 나오던 러시아 청년 한 사람을 만나서 그 별장에 대한 약간의 삽화(에피소드)를 들려주기를 청하였다.

청년은 돌아서서 안을 향하여 우렁찬 바쓰(베이스. 남성의 가장 낮은 음역)로 소리친다.

"오—라, 오—라."

그러자

"다—"

하고 대답하면서 나온 것은 닉카복카(건축 관련 일을 하는 사람들이 많이 입는 옷.

우리나라로 치면 건설노동자들이 입는 작업복)에 담뱃대를 든 젊은 여자였다.

양코스키의 영양(令嬢, 윗사람의 딸을 높여서 이르는 말로 '영애'와 같음) '빅토'라는 스물다섯 살 된 처녀다. 청년은 우리를 여자에게 맡기고 휘파람을 불며 산으로 올라간다. 우리는 여자가 인도하는 대로 식당으로 잠깐 들어갔다. 방 한구석에는 호화로운 꽃병에 국화과의 여러 가지 가을꽃이 풍만하게 피어 있고, 벽에는 시베리아 풍속인지 액면(額子) 대신에 곰의 가죽을 걸어놓았다.

여자는 여러 권의 두꺼운 앨범을 들고 와서 식탁 위에 쌓아 놓는다. 그 속에는 지나간 날 그들의 호사스럽던 생활의 면모가 그대로 남아 있다.

양코스키라고 하면 몰라도 '네눈(네눈박이. 안경 쓴 사람을 속되게 이르는 말)'이라 하면 한때 강동 해삼위(海蔘威, 러시아 연해주 지방의 항구 도시인 '블라디보스토크'를 한자음으로 바꾸어 이르는 말) 출입이 잦던 함경도 부로(父老, 한 동네에서 나이가 많은 남자 어른을 높여 이르는 말)치고 모르는 이가 별로 없을 것이다. '네눈'이라는 말은 하도 사냥을 잘해서 뒤로 돌아서서 총을 쏘아도 영락없이 맞힌다고 해서 조선 사람이 붙여준 별명이다. 바로 해삼위 앞바다에는 '네눈이네 섬'이라고 부르는 양코스키 개인 소유의 섬까지 있어서 말이랑 사슴을 방목하였었다고 한다.

시베리아를 지동치는 혁명의 눈포래(눈보라)에 휩쓸려서 그는 온 가족과 그리고 수많은 말과 자동차를 끌고 이곳으로 피난해온 것이다. 양코스키의 아우는 제정 러시아 최후의 비행 중위로서 시베리아에서 혁명을 맞아 체코군과 함께 싸워서 필경 열두 곳의 상처를 몸에 받아가지고 역시 이곳으로 왔다는 것이다. 혁명은 성공하였고, 오늘 그들은 멀리 쫓겨나서 길이(오랫동안) 돌아가지 못하는 신세가 된 것이다.

"고국에 가고 싶지 않소?" 하고 물었더니,

"갈 수나 있나요." 하고 미스 양코스키는 쓸쓸히 머리를 흔든다.

친절한 이국 색시는 잠가두었던 그 아버지의 서재도 열어서 구경시키고 집에서 기르는 호랑이 새끼까지 끌어내서 보여준다. 돌이 겨우 지났다는 구ㅡ쓰(호랑이 이름) 군, 인제는 아주 야산의 풍속을 잊어버리고 이 이국 색시에게 강아지처럼 추근해졌다('추근거렸다'의 잘못. 조금 성가실 정도로 은근히 자꾸 귀찮게 굶). 그는 아가씨의 가슴에 안겨서 아가씨의 키스조차 거절하지 않으며, 넓은 뜨락을 세퍼드와 암탉들과 함께 산보하고, 석양이면 울속으로 돌아와서 토끼고기로 된 저녁밥을 기다린다고 한다.

이국 색시는 문밖까지 나와서 여러 번 작별의 인사를 되풀이한다.

거리에 돌아오니 겨우 오후 두 시. 조선여관으로서는 집안에 유일하게 목욕탕을 가진 집이라는 용천관에 들었다. 포근한 온돌 기분을 찾아들었지만 대하는 법이 하나도(전혀) 조선식이 아니다. 더군다나 젊은 여자 두 사람이 손님을 맞아들이고 밥상에 동무하고 목욕간에 인도하는 것이 모두 이 얌전한 산중에서 우리가 기대한 것은 아니었다. 북도 아낙들이 그 손발이 온몸과는 조화되지 않도록 크지만, 오히려 나그네의 찬탄을 받는 까닭은 어디까지든지 굳센 자립의 정신과 분투의 기개가 그 건장한 육체에 넘치고 있는 까닭이다. 그들의 자랑은 서울 등지의 하도 많은 기생과 창기 속에서도 좀체 그들 북도 출신을 찾아볼 수가 없는 것에 있었다. 지금 그리 고상하다 할 수 없는 이 직업에 종사하는 그들을 앞에 놓고 거기서도 역시 자본의 공세 아래 힘없이 스러지는 지나간 날의 탄식을 듣는 것이다.

기어이 붙잡는 세 형을 물리치고 나만은 돌아오지 않아서는 아니 될 일을 청진에 너무나 많이 가지고 있었다.

막(마지막) 버스는 오후 다섯 시 엷어져 가는 산뺄의 석양볕을 등지고 온보를 떠난다. 마음은 오심암 짙은 단풍 속에 길이 남겨둔 채 미련한 버스는 나의 빈 몸뚱어리만 싣고 터덜터덜 산길을 돌아온다.

_1934년 10월 24일~11월 2일 《조선일보》

가을꽃

미닫이에 불벌레 와 부딪는 소리가 쩨릉쩨릉 울린다. 장마 치른 창호지가 요즘 며칠 새 팽팽히 켕겨진 것이다. 이제 틈나는 대로 미닫이 새로 바를 것이 즐겁다.

미닫이를 아이 때는 종이로만 바르지 않았다. 녹비(鹿皮, 사슴의 가죽) 끈 손잡이 옆에 과꽃과 국화와 맨드라미 잎을 뜯어다 꽃 모양으로 둘러놓고 될 수 있는 대로 투명한 백지로 바르던 생각이 난다. 달이나 썩 밝은 밤이면 밤에도 우련히(빛깔이 엷고 희미하게) 붉어지는 미닫이의 꽃을 바라보면서 그것으로 긴 가을밤 꿈의 실마리로 삼는 수도 없지 않았다.

과꽃은 가을이 올 때 피고, 국화는 가을이 갈 때 이운다(꽃이나 잎이 시듦). 피고지는 데는 선후가 있되, 다 마찬가지 가을꽃이다.

가을꽃, 남들은 이미 황금 열매에 머리를 숙여 영화로울 때 이제 뒷산

머리에 서릿발을 쳐다보면서 겨우 봉오리가 트는 것은 처녀로 치자면 혼기가 훨씬 늦은 셈이다. 그래서 건강할 때도 이윽히 들여다보면 한 가닥 감상(感傷)이 사르르 피어오른다.

감상이긴 코스모스가 더하다. 외래화(外來花, 외국에서 들여온 꽃)여서 그런지 늘 먼 곳을 발돋움하며 그리움에 피고 진다. 그의 앞에 서면 언제든지 영녀(令女, 윗사람의 딸을 높여 이르는 말) 취미의 슬픈 로맨스를 쓰고 싶어진다.

과꽃은 흔히 마당에 피고 키가 낮아 아이들이 잘 꺾는다. 단춧구멍에도 꽂고 입에도 물고, 달아 달아 부르던 생각은 밤이 긴 데 못 이겨서만 나는 생각은 아니리라.

차차 나이의 무게를 느낄수록 다시 보이곤 하는 것은 그래도 국화다. 국화라면 으레 진처사(晉處士, 중국 남조시대의 시인 도연명)를 들추는 것도 싫다. 고완품(古玩品, 오래되었거나 희귀한 옛 물품)이 아닌 것을 문헌 치레만 시키는 것은 거의 이슬 머금은 생기를 빼앗는 짓이 된다. 요즘 전발(電髮, 전기로 머리를 지지는 일. 또는 지진 머리)처럼 너무 인공적으로 피는 전람회용 국화도 싫다. 장독대나 울타리 밑에 피는 재래종의 황국이 좋고, 분에 피었더라도 서투른 선비의 손에서 핀, 떡잎이 좀 붙은 것이라야 소탈해 보여서 좋다.

국화는 사군자의 하나다. 그 맑은 향기를, 찬 가을 공기를 기다려 우리에게 주는 것이 고맙고, 그 수묵필로 주욱 쭉 그을 수 있는 가지와 수묵 그대로든지, 고작 누른 물감 한 점으로도 종이 위에 생운(生韻, 생생한 운치)을 떨치는 간소한 색채의 꽃이니, 빗물 어룽진 가난한 서재에도 놓아 어울려서 더욱 고맙다.

국화를 위해서는 가을밤도 길지 못하다. 꽃이 이울기를 못 기다려 물이 언다. 윗목에 들여놓고 덧문을 닫으면 방 안은 더욱 향기롭고 품지는 못하되 꽃과 더불어 누울 수 있는 것, 가을밤의 호사다. 나와 국화뿐이려니 하면 귀뚜리란 놈이 화분에 묻어 들어왔다가 울어대는 것도 싫지 않다.

가을꽃들은 아지랑이와 새 소리를 모른다. 찬 달빛과 늙은 벌레 소리에 피고지는 것이 그들의 슬픔이요, 또한 명예이다.

_1941년 수필집 《무서록》

노시산방기

지금 내가 거하는 집을 노시산방(老柿山房)이라 한 것은 3, 4년 전에 이 군(소설가 이태준)이 지어준 이름이다. 마당 앞에 한 7, 80년은 묵은 성싶은 늙은 감나무 2, 3주가 서 있는데, 늦은 봄이 되면 뾰족뾰족 잎이 돋고, 여름이면 퍼렇다 못해 거의 시꺼멓게 온 집안에 그늘을 지워주고 하는 것이 이 집에 사는 주인인 나로 하여금 얼마나 마음을 위로하여 주는지, 지금에 와서는 마치 감나무가 주인을 위해 사는 것이 아니요, 주인이 감나무를 위해 사는 것쯤 된지라 이군이 일러 노시사(老柿舍, 늙은 감나무 집)라 명명해준 것을 별로 삭여볼 여지도 없이 그대로 행세를 하고 만 것이다.

하기는 그 후 시관(時觀, 서양화가 장석표, 글쓴이와는 동경미술학교 동기이다)과 같이 주안(酒案, 술상)을 마주하고 이야기하던 끝에 시관의 말이 노시산방이라기보다는 고시산방(古柿山房)이라 함이 어떠하겠느냐, 하여 잠깐 내 집

이름을 다시 한번 짚어 본 일도 있기는 하다. 푸른 이끼가 낀 늙은 감나무를 노시(老柿)라 하기보다는 고시(古柿)라 함이 창(唱)으로 보든지 글자가 주는 애착성으로 보든지 더 낫지 않겠느냐는 것이요, 노사라 하면 어딘지 모르게 좀 속되어 보일 뿐 아니라 젊은 사람이 어쩐지 늙은 체하는 인상을 주는 것 같아서 재미가 적다는 것이다. 그러나 그때의 나는 역시 고(古)자를 붙이는 골동 취미보다는 노(老)자의 순수한 맛이 한결 내 호기심을 이끌었던 것이다.

원래 나는 노경(老境, 늙어서 나이가 많은 때)이란 경지를 퍽 좋아한다. 기법상 술어로 쓰는 노련(老鍊)이란 말도 내가 항상 사랑해온 말이거니와, 철학자로 치면 누구보다도 노자(老子)를 좋아했고, 아호로도 나이 많아지고 수법이 원숙해진 분들이 흔히 노(老) 자를 붙여서, 가령 노석도인(老石道人, 고종의 친부인 흥선대원군의 호)이라 한다든지 자하노인(紫霞老人, 조선 후기 서예가 신위의 호)이라 하는 것을 볼 때는 진실로 무엇으로서도 비유하기 어려운 유장하고 함축 있는 맛을 느끼게 된다.

노인이 자칭 노(老)라 하는 데는 조금도 어색해 보이거나 과장되어 보이는 법이 없고 오히려 겸양하고 넉넉한 맛을 느끼게 하는 것 같다. 그렇다고 나는 노시산방을 무슨 노경을 사랑한다 하여 바로 나 자신이 노경에 든 행세를 하려 함이 아니요, 그저 턱없이 노(老)자가 좋고 또 노시(老柿)가 있고 해서 그렇게 이름을 붙인 데 불과함이요, 또 가다가는 호까지도 노시산인(老柿山人)이라 해본 적도 있었다.

한번은 초대면(初對面, 얼굴을 처음 마주하고 대함)하게 된 어느 친구가 인사를 건넨 뒤에 놀라면서 하는 말이 자기는 나를 적어도 한 4, 50은 넘은 사람으로 상상해왔다는 것이다. 그는 내가 노시산인이란 호를 쓴 것을 본 때문은 아니요, 집 이름을 노시산방이라 한 것을 간혹 들은 것만으로도 그집 주인은 으레 늙수그레한 사람이려니 하였다는 것이다. 그 말을 들었을 때 처음에는 아연하지 않을 수 없었다. 그러나 다시 생각해보니 그렇게 생각되었음 직도 한 일이라 싶었다. 아무튼, 나는 내 변변치 않은 이 모옥(茅屋, 자기가 사는 집을 겸손하게 이르는 말)을 노시산방이라 불러오는 만큼, 뜰 앞에 선 몇 그루의 감나무는 어느 친구보다도 더 사랑하는 나무들이다.

나는 지금으로부터 5년 전에 이 집으로 이사를 했다. 그때는 교통이 불편하여 문전에 구루마(자동차) 한 채도 들어오지 못했을 뿐 아니라 집 뒤에는 꿩이랑 늑대가 가끔 내려오곤 하는 것이어서 아내는 "그런 무주구천동 같은 데를 뭘 하자고 가느냐"고 맹렬히 반대하는 것이었으나, 그럴 때마다 "암말 말고 따라만 와 보우" 하고 끌다시피 데리고 온 것인데, 기실은 진실로 내가 이 늙은 감나무 몇 그루를 사랑한 때문이었다.

무슨 화초, 무슨 수목이 좋지 않은 것이 있으리오만, 유독 내가 감나무를 사랑하게 되는 것은 그놈의 모습이 아무런 조화가 없는데도 불구하고 고풍스러워 보이기 때문이다. 또한, 나무껍질이 부드럽고 원시적인 것도 한 특징이요, 잎이 원활하고 점잖은 것도 한 특징이며, 꽃이 초롱같이 예쁜 것이며, 가지마다 좋은 열매가 맺는 것과 단풍이 구수하게 드는 것, 낙엽이 애상적으로 지는 것, 여름에는 그늘이 그에 덮을 나위 없고, 겨울에는 까막까치로 하여금 시흥을 돋게 하는 것이며, 그야말로 화조(花朝, 꽃

피는 아침)와 월석(月夕, 달 밝은 밤)에 감나무가 끼어서 풍류를 돋우지 않는 것이 없으니, 어느 편으로 보아도 고풍스러워 운치 있는 나무는 아마도 감나무가 제일일까 한다.

처음에는 오류선생(중국 남조시대 시인이었던 도연명)의 본을 받아 버드나무를 많이 심어 볼까도 생각한 적이 있었다. 너무 짙은 감나무 그늘은 우울한 심사를 더 어둡게 할까 봐 염려되었기 때문이었다. 그러나 한 해 두 해 지나고 보니 요염한 버들가지보다는 차라리 어수룩한 감나무가 정이 두터워진다.

나는 또 노시산방에 이들 감나무와 함께 조화를 지켜야 할 여러 가지 나무와 화초를 심기에 한동안은 게으르지 않았다. 우선, 나무로서는 대추며, 밤이며, 벽오동 등과 꽃으로는 목련, 불두(佛頭), 정향(丁香), 모란, 월계, 옥잠, 산다(山茶), 황, 철쭉 등을 두서없이 심어 놓고, 겨울에는 소위 온실이라 하여 한 평이나 겨우 될락 말락 한 면적을 4, 5자 내려 파고 내 손으로 문을 짠다, 유리를 끼운다 해서 꼴 같지 않게 만들어 놓은 데다, 한두 분 매화와 난초를 넣고 수선을 기르고 하면서 날이면 날마다 물을 주기에 세사(世事, 세상에서 일어나는 온갖 일)의 어찌 됨을 모를 지경이었다.

이렇게 하고 있노라니까, 이 모양이나마 우리 산방의 살림을 누가 보면 재미가 나겠다, 라고도 하고, 자기네도 한번 이렇게 살아 보았으면 하며 부러워하는 인사도 있었다. 그러나 나 같은 사람의 성질로서 그런 생활이 오래 계속될 리는 만무한 것이었다. 나는 한두 해를 지나는 동안 어느 여가엔지 뜰을 내려다보는 습관이 차츰 줄어들고 필시에는 본바탕의

악성 태만이 발동하기 시작했다. 그 좋아하던 감나무도 심상해지고, 화초에 풀이 자욱해도 못 본 체하고, 어떤 놈은 물을 얻어먹지 못하여 마르다 못해 배배 꼬이다가 급기야는 곯아 죽는 놈들이 비일비재했건만, 그래도 나는 태연해졌다. 대체로 화초랑 물건은 이상한 것이어서 날마다 정신을 써 가면서 들여다볼 적에는 별로 물을 부지런히 주는 법이 없더라도 의기가 충천할 것처럼 무럭무럭 자라나는 놈이 아무리 비옥한 토질과 규칙적으로 물을 얻어먹는 환경에 있으면서도 주인에게 벌써 사랑하는 마음이 끊어지고, 되면 되고 말면 말라는 주의로 나가는 데는 제 아무리 한 독종이라고 해도 배배 꼬이지 않는 놈을 별로 보지 못했다. 화초일망정 아마도 정이 서로 통하지 않는 까닭일까.

나의 게으름은 이렇듯이 하여 금년 들어서부터는 모든 것을 잃어버리다시피 했다. 그것은 어느 때고 한번은 오고야 말 운명이라고 예감하고 있었던 것이었다. 그러나 나는 비록 게을러서 화초를 거두기에 인색하기는 했지만, 그래도 해마다 하느님께 모든 것을 맡기고 있었다. 마르다 못해 곯고, 곯다 못해 죽어가던 놈도 철 따라 사풍(斜風, 비껴 부는 바람)과 세우(細雨, 가랑비) 덕분으로 밤 동안에 개울물이 풍성하게 내려가고 뿌리 끝마다 물기가 포근히 배어 오르면 네 활개를 치듯이 새 기운을 뽐내는 것들인데, 금년에도 역시 나는 설마 비가 오려니 하고 기다렸더니, 설마가 사람을 죽인다는 격으로 장마철을 지난 지 한 달이 가고 두 달이 가고 석 달이 또 가도 비가 올 생각은 꿈에도 하지 않는다. 산골 개울물이 마르는 것쯤은 또 혹시 그럴 수 있더라도 괴이할 것이 없으려니와 그 잘 나던 샘물이 마르고 나중에는 멀쩡한 나뭇잎이 단풍도 들지 않은 채 뚝뚝 떨어지는 것이 아닌가. 연달아 밤나무가 죽고, 대추나무가 죽고, 철쭉이 죽고 하여 평생 보지 못하던 초목들의 떼송장이 온 마당에 질펀해진다. 그러나 사람들은 죽지 못해 한 지게에 십 전씩 하는 수돗물이라도 사서 먹는다 치더라도, 그렇다고 그 많은 나무를 일일이 십 전어치씩 물을 사서 먹일 기력이 내게는 또한 없다. 그러고 보니 점점 초조해지기만 한다. 가지마다 보기 좋게 매달렸던 감들이 한 개 두 개 시름없이 떨어지고 돌돌 말린 감잎이 애원하듯 내 앞으로 굴러오는 것이다. 그뿐만 아니라 그 보기 좋던 나무 둥치가 한 겹 한 겹 껍질이 벗겨지기 시작한다. 나는 다른 어느 나무보다도 감나무가 죽는구나 하는 생각에 정신이 번쩍 차려졌다.

주인이 감나무를 위해 살고 있다시피 한 이 노시산방의 진짜 주인공이 죽는다는 게 될 말인가. 모든 화초를 희생하는 한이 있더라도 이 감나무만은 구해야겠다는 일념에서 매일 같이 십 전짜리 물을 서너 지게씩 주기로 했다. 그러나 감나무들은 좀처럼 활기를 보여주지 않은 채 가을이 오고 낙엽이 지고했다. 여느 해 같으면 지금 한창 불타오르듯 보기 좋게 매달렸어야 할 감들이 금년에는 거의 다 떨어지고 몇 개 남은 놈들조차 패잔병처럼 무기력해 보인다. 주인을 못 만난 그 나무들이 내년 봄에 다시 씻은 듯 새움이 돋고 시원한 그늘을 이 노시산방과 산방의 주인을 위해 과연 지어 줄 것인지?

기묘 11월 4일 노시산방에서

_1939년

Part 2. 고독

외로움이 찰지게 스며드는 가을밤

"아아, 가을밤은 왜 이리도 깊을까?"

나는 이제야 내가 생각하던

영원의 먼 끝을 만지게 되었다.

그 끝에서 나는 하품을 하고

비로소 나의 오랜 잠을 깬다.

내가 만지는 손끝에서

아름다운 별들은 흩어져 빛을 잃지만

내가 만지는 손끝에서

나는 무엇인가 내게로 더 가까이 다가오는

따스한 체온을 느낀다.

_ 김현승, 〈절대고독〉 중에서

나와 귀뚜라미

* 원제 ── 나와 귀뚜람이

   폐결핵에는 삼복더위가 끝없이 얄궂다. 산의 녹음도 좋고, 시원한 해변이 그립지 않은 것도 아니다. 착박(窄迫, 답답할 정도로 매우 좁음)한 방구석에서 빈대에 뜯기고, 땀을 쏟고, 이렇게 하는 피서는 그리 은혜로운 생활이 못 된다.

   야심(夜深, 밤이 깊음)하여 홀로 일어나 한창 쿨룩거릴 때면 안집은 물론 벽 하나를 사이에 둔 옆집에서 '끙'하고 돌아눕는 인기척을 가끔 들을 수 있다. 이 몸이기에, 이 지경이라면, 차라리 하고 때로는 딱한 생각도 해본다. 그러나 살고 싶지도 않지만 또한 죽고 싶지도 않은 것이 나의 오늘이다. 그래, 무조건 하고 철이 바뀌기만, 가을이 되기만을 기다린다.

   가을이 오면 밝은 낮보다 캄캄한 명상의 밤이 귀엽다. 귀뚜라미 노래를 들을 때 창밖의 낙엽은 은은히 지고, 그 밤은 나에게 극히 엄숙한 그리고 극히 고적한 순간을 가져온다. 신묘한 이 음률을 나는 잘 안다. 낯익은 처녀와 같이 들을 수 있다면 이것이 분명 행복임을 잘 알고 있다. 그러나 분수에 넘는 허영이려니, 이번 가을에는 귀뚜라미가 부르는 노래나 홀로 근청(謹請, 삼가 청함)하며, 나는 건강한 밤을 맞아보리다.

_1935년 11월《조광》

밤이 조금만 짧았다면

*원제 ── 밤이 조금만 짤럿드면

    허공에 둥실 높이 떠올라 중심을 잃은 몸이 삐끗할 제, 정신이 고만 아 찔하여 눈을 떠 보니, 이것도 꿈이랄지, 어수 산란한 환각이 눈앞에 그대 로 남아 아마도 그동안에 잠이 좀 든 듯싶고, 지루한 보조로 고작 두 점 오 분에서 머뭇거리던 괘종이 그사이에 십오 분을 돌아 두 점 이십 분을 가 리킨다.

    요(이불) 바닥을 얼러 몸을 적시고 흔근히(흥건하게) 내솟은, 귀죽죽한(구 질구질하고 축축함) 도한(盜汗. 심신이 쇠약하여 잠자는 사이에 저절로 나는 식은땀)을 등으 로 느끼고는 그 옆으로 자리를 좀 비켜 눕고자 끙─하고 두 팔로 상체를 떠들어보다 상체만이 들리지 않을 뿐 아니라 예리한 칼날이 하복부로 저 미어 드는 듯이 무뎌게 쳐 뻗는 진통으로 말미암아, 이를 꽉 깨물고는 도 로 그 자리에 가만히 누워버린다. 그래도 이 역경에서 나를 구할 수 있는 것이 수면일 듯싶어, 다시 눈을 지그시 감아보았으나, 그러나 발치에 걸린 시계 종소리만 점점 역력히 고막을 두드려올 뿐, 달아난 잠을 잡으려고 무리를 거듭하여온, 두 눈 뿌리는 쿡쿡 쑤시어 들어온다.

이번에는 머리맡에 내던졌던 로―드 안약을 또 한 번 집어 들어 두 눈에 전주(點注, 살짝 흘려 넣음)하여보다가는, 결국 그것마저 실패로 돌아갔음을 깨닫자 인제는 나머지로 하나 있는 그 행동을 아꼈음에도 불구하고, 그대로 드러누운 채 마지못하여 떨리는 손으로 낮추었던 램프의 심지를 다시 돋워 올린다. 밝아진 시계판(時計板)에서, 아직도 먼동이 트기까지, 세 시간이나 넘어 남았음을 새삼스레 읽어보고는 골피(얼굴)를 찌푸리며 두 어깨가 으쓱하고 우그러들 만치, 그렇게 그 시간의 위협이 두려워진다.

시계에서 겁을 집어먹은 시선을 천정으로 힘없이 걷어 올리며 생각하여 보니, 이렇게 굴신(屈伸, 팔, 다리 따위를 굽혔다 폈다 함)을 못하고 누워있는 것이 오늘로 나흘이 되어오련만 아무 가감도 없는 듯싶고, 어쩌면 변비로 말미암아 내치핵(內痔核, 치질)이 발생한 것을 이것쯤―하고 등한시하였던 것이, 그것이 차차 퍼지고 결핵성농양을 이루어 치질 중에도 가장 악성인 치루, 이렇게 무서운 치루를 갖게 된 내가 밉지 않은 것은 아니나, 그러나 다시 생각하면 나의 본병인 폐결핵에서 필연적으로 도달한 한과정일 듯도 싶다. 치루하면 선뜻 의사의 수술을 요하는 종창(腫瘡, 종기)인줄은 아나, 우선 나에게는 그럴 물질적 여유도 없거니와 설혹 있다 하더라도 이렇게 쇠약한 몸이 수술을 받고 한 달포 동안 시달리고 난다면, 그 꼴이 말도 못될 것이니 이러도 못하고 저러도 못하고 진퇴유곡에서 딱한 생각만 하여 본다. 날이 밝는다고 거기에 별 뾰족한 수가 있는 것도 아니로되, 아마도 이것은 딱한 사람의 가얄핀(연약한) 위안인 듯싶어 어떡하면 이 시간을 보낼 수 있을까―하고 그 수단에 한참 궁하다가 요행히도 나에게 흡연술이 있음을 문득 깨닫자, 옆의 신문지를 두 손으로 똥치똥치말아서 그거로다 저쪽에 놓여있는 성냥갑을 끌어 내려 가지고 권연 한 개를 입에 피어 문다. 평소에도 기침으로 인하야 밤 권연을 삼가왔던 나이매 한 모금을 조심스레 빨아서 다시 조심스레 내뿜어 보고는 그래도 무사한 것이 신통하여 좀 더 많이 빨아보고, 좀 더 많이 빨아보고, 이렇게 나중에는 강렬한 자극을 얻어 보고자 한 가슴 듬뿍이 흡연을 하다가는 그만 아치―하고 재채기가 시작되어 괴로이 쏟아지는줄 기침으로 말미암아 결리는 가슴을 만져주랴, 쑤시는 하체를 더듬어주랴, 눈코 뜰 새 없이 허둥지둥 얽매인다.

이때까지 혼곤히 잠이 들어 있었던 듯싶은, 옆방 환자에게 마저 나의 기침이 옮아가 쿨룩거리기 시작하니 한동안 경쟁적으로 아래_윗방에서 부지런히 쿨룩거리다 급기야 얼마나 괴로운지, 에구머니― 하고 자지러지게 뿜어놓는 그 신음에 나는 뼈끝이 다 저리어온다. 나의 괴로움보다는 그 소리를 듣는 것이 너무도 약약하여(싫증이 나서 귀찮고 괴로움) 미안한 생각으로 기침을 물리치고자 노력하였으나 입 막은 손을 떠들고까지 극성스레 나오는 그 기침을 어찌할 길이 없어, 손으로 입을 가리고는 죄송스레 쿨룩거리고 있노라니 날로 더해가는 아들의 병으로 인해 끝없이 애통해 하는 옆방 그 어머니의 탄식이 더욱 마음에 아파온다. 아들의 병을 고치고자 헙수룩한 이 절로 끌고 와 불전에 기도까지 올렸건만, 도리어 없던 증세만 날로 늘어가는 것이, 목이 부어 밥도 못 먹고는 하루에 겨우 밈(미음) 몇 숟가락씩 떠 넣는 것도 그나마 돌라놓고(먹은 것을 다시 토해 냄)마는 것이나, 요즘에 이르러서는 거지반 보름 동안을, 웬 딸꾹질이 그리 심악한지, 매일같이 계속되므로 겁이 덜컥 났던 차에, 게다가 어제 아침에는 보꼬개('보꾹'의 잘못. 지붕의 안쪽)에서 우연히도 쥐가 떨어져 아차 인젠 글렀구나— 싶어 때를 기다리고 앉아있는 그 어머니였다. 한때는 나도 어머니가 없음을 슬퍼도 하였으나 이 정경을 목도하고 보니, 지금 나에게 어머니가 계셨더라면 슬퍼하는 그 꼴을 어떻게 보았으랴— 싶어 일찍이 부모를 여읜 것이 차라리 행복이라고, 없는 행복을 있는 듯이 느끼고는 후—하고 가벼이 숨을 돌리어본다.

머리맡의 지게문을 열어젖히니 가을바람은 선들선들 이미 익었고, 구슬피 굴러드는 밤벌레의 노래에 이윽히('그윽이'의 비표준어) 귀를 기울이고 있었던 나는 불현듯 몸이 아팠는가, 그렇지 않으면 무엇이 슬펐는가, 까닭 모르게 축축이 젖어오는 두 눈뿌리를 깨닫자, 열을 벌컥 내어서는 '네가 울 테냐, 네가 울 테냐' 이렇게 무뚝뚝한 태도로 비열한 자신을 얼러보다, 그래도 그 보람이 있었는지 흥— 하고 콧등에 냉소를 띄우고는 주먹으로 방바닥을 우려치고, 그리고 가슴 위에 얹었던 손수건으로 이마의 땀을 초조히 훑어본다. 너 말고도 얼마든지 울 수 있는 창두적각(蒼頭赤脚, 노비. 남자는 머리를 깎고, 여자는 짧은 치마를 입은 데서 유래한 말)이 허구 많을 터인데,

네가 울다니 그건 안 되리라고 쓸쓸히 비웃고는, 동무에게서 온 편지를 두 손에 펴들고, 이것이 네 번째이건만 또다시 경건한 심정으로 근독(謹讀. 조심스럽게 읽음)하여 본다.

김 형께!

심히 놀랍습니다.

이처럼 사람의 일이 막막할 수가 없습니다.

울어서 조금이라도 이 답답한 가슴이 풀릴 수만 있다면 얼마든지 울 것 같습니다.

이것은 내 이야기를 전해 듣고 너무도 놀란 마음에 황황히(갈팡질팡 어쩔 줄 모를 정도로 급하게) 뛰어오려고 했으나, 때마침 동생이 과한 객혈로 말미암아 몸져누워 우울하게 자리를 지키고 있다는 한 친구에게서 온 편지였다. 돈이 없어 약을 쓸 수 없다는 그, 형 된 마음에 좋을 리 없다.

한쪽에는 동생이 앓아누워 있고, 또 한쪽에는 친구가 누워 있어 시급히 돈이 필요하건만, 그에게는 왜 그리 없는 것이 많은지······. 간교한 교제술이 없고, 비굴한 아첨이 없고, 때에 찌든 자존심마저 없으니, 세상은 이런 어리석은 청년에게 처세의 길을 결코 열어주지 않았다.

우두커니 앉아 있는 그를 눈앞에서 보는 듯하다.

아, 나에게 왜 돈이 없나 싶어 부질없는 한숨이 터져 나왔다. 친구의 편지를 다시 집어 들고 읽어보니, 그 자자구구(字字句句. 각 글자와 각 글귀)에 맺힌 어리석은 그의 순정이 내 가슴을 마구 때리고, 내가 가야 할 길을 엄숙히 암시해주는 듯해 우정을 넘어선 그 뭔가를 느꼈다. 결국, 감격 끝에 눈물을 머금고 말았다.

며칠 후, 그가 나를 찾아올 것이다. 그때까지 이 편지를 고이 접어두련다. 이것이 그에게 보내는 나의 답장이다.

그의 주머니에 이 편지를 다시 넣어 주리라 마음먹고 봉투에 편지를 넣어 이불 밑에 깔아두었다. 지금 내게는 한 권의 성서보다 몇 줄의 이 글발이 지극히 더 은혜롭고, 갈수록 거칠어가는 감정을 매만져주는 것이니, 그것을 몇 번 거듭 읽는 동안 더운 몸이 점차 식어가고 있음을 느끼었다.

램프 불을 낮추고 어렴풋이 눈을 감아본다. 그러다가 허공에 둥실 떠올라 중심을 잃고 몸이 삐끗하였을 때, 그만 아찔하여 눈을 떠보니, 석점(새벽 세 시)이 되려면 아직 5분이 남았다. 넓은 뜰에서 허황히(헛되고 황당하며 미덥지 못하게) 뒹구는 바람에 법당 안 풍경이 은은히 울려온다.

아아, 가을밤은 왜 이리도 깊을까. 더디게 가는 시간이 원망스러울 뿐이다.

_1936년 11월 《조광》

행복을 등진 정열

이젠 여름도 다 갔나 보다. 아침저녁으로 제법 맑은 높새가 건들거리기 시작한다. 머지않아 가을이 올 것이다. 얼른 가을이 되어 주기를 나는 여간 기다리지 않는다. 가을은 마치 나에게 커다랗고, 그리고 아름다운 그 무엇을 가져올 것만 같이 생각이 든다.

요즘에 나는 또 하나의 병이 늘었다. 지금 두 가지 병을 앓으며 이렇게 철이 바뀌기만 무턱대고 기다리고 누워 있다. 나는 바뀌는 절서(節序, 절기의 차례)에 가끔 속았다.

지난겨울만 하여도 이른 봄이 되어 주기를 그 얼마나 기다렸던가. 봄이 오면 날이 화창할 게고 보드라운 바람에 움이 트고 꽃도 피리라. 만물은 씩씩한 소생의 낙원으로 변할 것이다. 따라서 나에게도 보드라운 그 무엇이 찾아와 무거운 이 우울을 씻어줄 것만 같았다.

"오냐! 봄만 되어라."

"봄이 오면!"

나는 이렇게 혼잣소리를 하며 뺀질(거죽이 윤기가 흐르고 매우 미끄러운 모양) 주먹을 굳게 쥐었다. 한번은 옆에 있던 한 동무가 수상스러워 묻는 것이다.

"김 형! 봄이 오면 뭐 큰 수나 생기십니까?"

"그러믄요!"하고 나는 제법 토심스레(남이 좋지 아니한 태도로 대하여 불쾌하고 아니꼬운 느낌이 있음) 대답하였다. 나 자신 역시 난데없는 그 수라는 것이 웬 놈의 순지 영문도 모르련만, 그러자 봄은 되었다. 갑자기 변하는 일기로 말미암아 그런지 나는 매일같이 혈담을 토하였다. 밤이면 불면증으로 시난고난(병이 심하지는 않으면서 오래가는 모양을 나타내는 말) 몸이 말랐다.

이렇게 병세가 점점 악화하여 갈 제 그 동무는 나를 딱하게 쳐다본다.

"김 형! 봄이 되었는데 어째……"

"글쎄요!"

이때 나의 대답은 너무도 무색하였다. 그는 나를 데리고 술집으로 가더니,

"이젠 그렇게 기다리지 마십시오. 그거 안 됩니다."하고 넘겨짚는 소리로 낯에 조소를 띠는 것이다. 허나 그는 설마 나를 비웃지는 않았으리라. 왜냐면 그도 또한 수재의 시인이었다. 거칠어진 나의 몸에서 그 자신을 비로소 깨닫고 역정스레 웃었는지도 모른다.

바뀌는 철만 기다리는 마음, 그것은 분명히 우울의 연장이다. 지척에 임 두고 못 보는 마음 거기에다 비할는지, 안타깝고 겹겹한 희망으로 가

는 날짜를 부지런히 손꼽아 본다. 그러나 정작 제철이 닥쳐오면 덜컥하고 그만 낙심하고 마는 것이다.

행복의 본질은 믿음에 있으리라. 속으면서 그래도 믿는, 이것이 어쩌면 행복의 하나일지도 모른다.

사실인즉, 나는 그 행복과 인연을 끊은 지 이미 오래다. 지금에 내가 살고 있는 것은 결코 그것 때문이 아니다. 말하자면 행복과 등진 열정에서 뻗쳐난 생활이라 하는 게 옳을는지.

그러나 가을아 어서 오너라.

이번에 가을이 오면 그는 나를 찾아주려니, 그는 반드시 나를 찾아주려니, 되지 않을 걸 이렇게 혼자 자꾸만 우기며 나는 철이 바뀌기만 까맣게 기다린다.

_1936년 10월 《여성》

_박용철

추의(秋意)

가을의 깊은 뜻을 누가 다 알겠습니까. 가을의 깊은 뜻을 어이 이루 말하겠습니까. 저 아슬히(아찔아찔할 정도로 높은) 높고 사무쳐 푸른 하늘! 그것은 우리의 감각을 모조리 쓸어드리고, 우리의 마음은 그 끝없는 끝을 찾아가려는 듯이 그리로 쏠리어 갑니다.

가을 귀뚜라미 소리에 애상을 느끼는 것도 아니요, 가을 달을 바라보고 하염없는 눈물에 젖어본 적도 없는 마음입니다마는, 이 가을 하늘 아래에서 어인 줄 모르는 그윽한 노스탤지어(향수)에 괴로워합니다.

노스탤지어! 그것은 고향이 그리워 파닥거리는 마음입니다. 어머니 아버지 계시는 곳, 어머니의 품에 안겨 자라던 집이 있는 곳, 뛰어다니던 물과 언덕이 있는 마을. 고향은 언제나 마음이 이 세상의 물결에 부대껴 제자리를 얻지 못할 때 돌아가고 싶은 곳. 거기는 완전한 쉼이 기다리는 줄로 여겨지는 이상적인 곳입니다.

온 세계에서 가장 인기 있다고 할 수 있는 저 단순한 노래 스위—트 홈 가운데 있는 "아무리 보잘것없다 해도 내 고향 같은 곳은 없다"는 그 생각은 아마 고향을 그리는 생각 가운데 가장 널리 있는 것일 것입니다.

그러나 내 마음은 어느 고향을 향해 이리도 안타깝게 파닥거리는지요. 불행히도 내 마음 가운데는 초가지붕 가지런한 아무 마을도 없고 수수깡 울타리 둘러있는 집도 없습니다. 내 마음은 하나의 그리운 고향을 가지지 못했습니다.

그러면서도 이리 간절한 노스탤지어! 저 아슬히 푸른 하늘 끝에 구름을 따라 사라지려는 듯한 마음은 무엇일까요. 이 조붙하고 악착한 세상 살림에 마음 맞지 아니해서 언제나 바다 건너로 달리는 방랑의 손이 있기는 있다 합니다. 그러나 나의 소심한 마음은 날마다 낯선 땅에서 새로운 모험을 차츰 즐거움 삼는 방랑의 아들은 아닙니다.

고향이 없는 향수, 돌아갈 곳이 없는 노스탤지어! (×××××××××)

_창작연도 미상

한걸음 비껴서면

＊원제 — 한거름 비껴서면

　친한 친구 중에 정거장으로 곧잘 산책을 나가는 이가 두엇 있습니다. 나도 그 축에 끼입니다. 정거장이라면 바쁜 곳이 아닙니까. 우리가 차를 타러 가거나 전별(餞別, 보내는 쪽에서 예를 차려 작별함을 이르는 말)을 나갈 때 남보다 좋은 자리를 잡으려면 실로 분주히 굴어야만 하는 곳이지요. 그러나 우리가 한 걸음만 비껴서서 이 쉼 없이 유동(流動)하는 액체 같은, 액체 가운데 유영하는 것 같은, 군중 같은 사람은 되지 말고, 봉천행이나 부산행의 자리를 잡으려는 노력에서 비껴선다면, 우리는 거기서 산중에서도 맛보기 어려운 한가로움을 즐길 수 있습니다.

　희망에 빛나는 얼굴, 절망에 암담한 얼굴, 볼 일 때문에 바쁜 얼굴, 주름잡힌 늙은이의 얼굴, 명랑한 젊은 얼굴, 우리나라 사람과 외국 사람, 완연히 인생의 조그만 축도를 벌려놓은 듯, 우리는 우리의 한가함을 가지고 다시 이것을 — 실례 같지만 — 어장 속의 금붕어를 완상(玩賞, 즐겨 구경함) 하듯 즐길 수 있습니다. 이것은 다만, 마음으로 한 걸음 비켜서는 데서 오는 공덕인 듯합니다.

산에 오르는 데도 높은 산에 오를 것이 없습니다. 아침이나 안개가 어렴풋할 때 서대문 밖 금화산에만 올라보십시오. 우리가 그 안으로 드나들고, 우리가 그 안에서 오르내리면서 보던 큰집이, 우리의 사랑과 미움의 대상인 뭇사람들이, 구물거리는 집이, 실로 초개(草芥, 쓸모없고 하찮은 것을 비유적으로 이르는 말)처럼 보이고, 사람이라는 생물은 완전히 자취마저 감춰버릴 것입니다. 이렇게 마음이 커지고 넓어지는 것이 우리가 땅 위에서 겨우 삼사백 척 올라서는 데서 생기는 변화라면, 뉴—욕의 수십 층 위에서 길거리를 내려다보며 사람이 개미같이 보이는 데서 생활하는 사람은 아주 악마적이거나 훨씬 더 자유로운 생각을 하고 있을 것 같습니다. 이것은 다만, 한 걸음 올라선 데서 오는 공덕이 아닌가 합니다.

금화산 위에 한 걸음 올라선 우리를 산 아래서 쳐다볼 때를 생각해보십시오. 참으로 훌륭한 그림입니다. 짙푸른 하늘을 배경으로 한 장 평면 같은 산 그 위에 뚜렷하고 새까맣게 새겨진 사람의 자태. 어느 영웅의 동상을 여기에 비기겠습니까. 이것은 땅 위에 걸어 다니는 우리와 동류(同類, 같은 종류)가 절대 될 수 없습니다.

이런 생각을 하다 보면 역사상 뚜렷이 나타나는 위인의 자취라는 것도 해 넘어가는 하늘을 배경으로 삼백 척 되는 금화산 위에 우뚝 솟은 그림자를 나타낸 우리 이웃이 아닌가 싶고, 그 위인들이 세상을 대하던 갸륵한 태도 역시 금화산 위에서 안개가 설핏 긴 서울 시내를 내려다보는 우리 마음이 아닌가 싶은 생각이 듭니다.

이 작은 글에서 영웅과 위인의 마음과 자취를 생각해보려는 것은 처음부터 내 생각과는 거리가 먼 일입니다. 그것은 다만, 지나는 길에 던져본 한마디 말에 지나지 않습니다.

나는 다만, 이 흑심한 더위에 똑같은 키를 가지고 비비대는 사람들 틈에서 한 걸음 올라서서 — 아니, 천만에! 한 걸음 비켜섬으로 해서 좁은 목(통로 또는 어귀)에서 나오는 시원한 바람을 맞는 때와 같이 심두(心頭, 생각하고 있는 마음. 또는 순간적인 생각이나 마음)에 한 점 시원한 바람을 느껴볼까 해서 이런 자질구레한 생각을 해보았던 것입니다.

_1935년 11월 《조광》

귀로 — 내 마음의 가을

이즈음, 밤 열한 시 반이면 거리의 산책자들도 이미 이불 속에서 단꿈을 꿀 시각이오, 극장 구경을 왔던 이들도 벌써 자기 집을 찾아서 계동으로, 성북동으로, 현저동으로 흩어졌을 시각이다. 야시(夜市, 야시장)의 빛나는 포장 안도 철폐하여 싸구려를 부르는 장사꾼의 외침이 비명같이 졸고 있는 시각이다.

종로에는 요릿집을 향해 달리는 술 취한 자동차가 거침없이 30마일의 속력을 낸다. 백화점은 문을 잠그고 가로세로 켜지고 꺼지던 전식(電飾, 전구나 방전관으로 물체의 윤곽을 나타a나게 함. 또는 그런 물건)도 정열 잃은 가로수와 함께 밤늦게 집을 찾는 두세 쌍의 행인을 물끄러미 바라보고 있다.

전차 — 안국동에서 나와, 나는 동대문 가는 전차를 잡아탄다. 대부분이 취한 사람들이다. 나는 자리에 앉을 생각도 안 하고 손잡이를 쥐고 늘어진 채 약주 냄새로 혼탁해진 전차 안을 물끄러미 바라보고 있다. 머리는 뇌 속에 연기를 잡아넣은 것처럼 몽롱하다. 아무것도 맹막(盲膜, 시각)을 자극하지 않고 청각을 건드리지 않는다. 어릿어릿한 추한 환영(幻影)이 눈앞을 어물거리고, 궤도를 질주하는 차륜(車輪, 차바퀴)의 음향이 무겁게 귀 밖을 스치지만, 전혀 강한 자극을 일으키지는 못한다.

종로4가에서 전차를 내려 창경원 가는 차를 기다리노라고 안전지대 위에 올라섰다. 그리고 나처럼 차를 기다리고 있던 두세 사람에 섞여 왔다 갔다 할 때 비로소 길을 스치고 달려오는 바람에서 가을을 느끼고, 다시 순사의 덜거덕거리는 칼 소리에서 잃었던 정신을 찾아 눈앞에 붉은 등불을 바라본다.

경찰서 — 전깃불이 흐리멍덩하게 켜져 있는 곳에 전화통을 붙든 정복(正服, 의식 때 입는 정복 복장) 하나가 졸고 있기라도 한 듯 까딱도 하지 않는다. 백양목 그늘에 직할힐소(直轄詰所, 직접 관리하는 구역) 그 속에 역시 정복 한 사람—

명동에서 전차가 온다. 이것을 타고 자리에 앉아 지금 막 보고 온 경찰서를 떠올린다. 벌써 3개월 이상 내가 출입하고 있는 경찰서다. 지금 전화를 쥐고 졸고 있는 순사는 보안계의 누구누구. 그렇게 싫은 경찰서에서도 지금은 제법 농을 걸게 되었다. 칼 소리가 주는 흥분과 이상한 말씨가 주는 불쾌함 등의 모든 것이 사라지고, 지금은 '오하요—', '사요나라'가 제법 유창하게 입에서 흐른다.

—이런 것을 생각하노라니, 전차가 종점에 닿는다. 차에서 내려서 다

시 돌아가는 전차의 삑―소리를 등 뒤에 들으며, 아카시아 우거진 아스팔트를 거닐 때 갑자기 몸에 추위를 느끼고, 홀로 가는 내 발걸음 소리에서 나 자신을 찾아보고자 한다.

숲속에서 찬 기운이 코를 스쳐서 폐에 흘러들어 온다. 풀벌레의 소리가 쏴―뼈를 에듯이 심장을 잡아 뜯는다. 적막―길의 모퉁이를 돌면서 나는 멍―하니 비추어지는 언덕길의 앞을 바라보고 비로소 지금 신문사에서 조간을 준비하고 돌아오는 중임을 고요한 길 위, 풀벌레 울음소리속에서 발견하는 것이다. 그리고 내가 지금 가는 곳이 하숙방―아무도 없는, 자물쇠를 채운 채 희미한 전등만이 나를 기다리고 있을 한 간 방이라는 것을 생각한다.

땀내 나는 낡은 세탁꾸러미, 흩어진 책, 종잇조각, 사발시계, 칫솔, 비누, 맥없이 걸려 있는 때 묻은 여름 양복 그리고 유일한 장식인 죽은 아내의 사진 액자―나는 이때 나 자신의 생활을 생각해 본다. 그리고 언제부터 자전거와 버스의 충돌에 흥미를 갖게 되고, 언제부터 나의 신경은 절도(竊盜, 남의 물건을 몰래 훔침. 또는 그런 사람)의 명부(名簿, 어떤 일에 관련된 사람의 이름, 주소, 직업 따위를 적어 놓은 장부)를 노려보기에 여념이 없고, 언제부터 나의 붓은 음독한 젊은 여자를 저열한 묘사로 갈겨쓰는 것에 취미를 갖기 시작하였던고? 또 언제부터 수상한 청년의 검거가 울렁거리는 흥분과 마음의 아픔이 아닌 과장된 글로써 사단(四段, 신문의 사단 기사)을 만드는 정열로 바뀌었던가?

이렇듯 몇 달 전에 비해 확연히 달라진 나를, 이 길, 이 밤, 이 벌레 소리

140

속에서 찾으며 외로운 그림자를 교외로 옮기고 있다. 이것이 생활이란 것이었다. 그리고 수많은 사람이 이렇게 살아가고 있었다.

나는 하숙집 문을 열고 방 안으로 들어서며 너저분한 신문지를 발로 밀고 이불을 막쓴 채 숨 막힐 듯한 적막을 가슴속으로 깨물고 있다.

밤은 고요하다. 내 숨소리만이 유난히 높고, 벌레 소리는 아직도 길옆에서 밤을 새워 울고 있다. 귀를 막고, 눈을 감아도 자꾸만 들리는 귀뚜라미 소리, 자꾸만 보이는 길 위에 선 내 몸의 외로운 그림자.

_1935년 9월 23일 《조선중앙일보》

별똥 떨어진 데

밤이다.

하늘은 푸르다 못해 농회색(짙은 회색)으로 캄캄하나, 별들만은 또렷또렷 빛난다. 침침한 어둠뿐만 아니라 오싹오싹 춥다. 이 육중한 기류 가운데 자조(自嘲, 자기를 비웃음)하는 한 젊은이가 있다. 그를 '나'라고 불러두자.

나는 이 어둠에서 배태되고, 이 어둠에서 생장하여서, 아직도 이 어둠 속에 그대로 생존하나 보다. 내가 갈 곳이 어딘지 몰라 허우적거리는 것이다. 하기야, 나는 세기의 초점인 듯 초췌하다. 얼핏 생각하면 내 바닥을 반듯이 받들어주는 것도 없고, 그렇다고 내 머리를 갑자기 내리누르는 아무것도 없는 듯하다. 하지만 내막(內幕, 속사정)은 그렇지도 않다. 나는 도무지 자유스럽지 못하다. 다만, 나는 없는 듯 있는 하루살이처럼 허공에 부유하는 한 점에 지나지 않는다. 이것이 하루살이처럼 경쾌하다면 마침 다행(多幸)할 것인데 그렇지를 못하구나!

이 점의 대칭 위치에 또 다른 밝음의 초점이 도사리고 있는 듯 생각된다. 덥석 움키었으면 잡힐 듯도 하다. 마는(그러나) 그것을 휘어잡기에는 나 자신이 둔질(鈍質, 둔한 성질이나 기질)이라는 것보다 오히려 내 마음에 아무런 준비도 배포(排布, 머리를 써서 일을 조리 있게 계획함. 또는 그런 속마음)치 못한 것이 아니냐. 그러고 보니 행복이란 별스런 손님을 불러들이기에도 또 다른 한가닥 구실을 치르지 않으면 안될까 보다.

이 밤에 나에게 있어 어릴 적처럼 한낱 공포의 장막인 것은 벌써 흘러간 전설이오. 따라서 이 밤이 향락의 도가니라는 이야기도 나의 염원에선 아직 소화시키지 못할 돌덩이다. 오로지 밤은 나의 도전의 호적이면 그만이다. 이것이 생생한 관념세계에만 머무른다면 애석한 일이다. 어둠 속에 깜박깜박 졸며 다닥다닥 나란히 한 초가들이 아름다운 시의 화사(華詞, 화려한 말)가 될 수 있다는 것은 벌써 지나간 제너레이션(Generation, 세대)의 이야기요, 오늘에 있어서는 다만 말못하는 비극의 배경이다.

이제 닭이 홰를 치면서 맵짠(맵고 짠) 울음을 뽑아 밤을 쫓고 어둠을 내몰아 동쪽으로 훤히 새벽이란 새로운 손님을 불러온다고 하자. 그러나 경망스럽게 그리 반가워할 것은 없다. 보아라, 가령, 새벽이 왔다 하더라도 이 마을은 그대로 암담하고, 나도 그대로 암담하여서, 너나 나나 이 가장지 길에서 주저주저 아니하지 못할 존재들이 아니냐.

나무가 있다. 그는 나의 오랜 이웃이요, 벗이다. 그렇다고 그와 내가 성격이나, 환경이나, 생활이 공통한 데가 있는 것은 아니다. 말하자면 극단과 극단 사이에도 애정이 관통할 수 있다는 기적적인 교분의 표본에 지나지 못할 것이다.

나는 처음 그를 퍽 불행한 존재로 가소롭게 여겼다. 그의 앞에 설 때 슬퍼지고 측은한 마음이 앞을 가리곤 하였다. 마는 돌이켜 생각건대, 나무처럼 행복한 생물은 다시없을 듯하다. 굳음에는 이루 비길 데 없는 바위에도 그리 탐탁지는 못할망정 자양분이 있다 하거늘, 어디로 간들 생의 뿌리를 박지 못하며, 어디로 간들 생활의 불평이 있을쏘냐. 칙칙하면 솔솔 솔바람이 불어오고, 심심하면 새가 와서 노래를 부르다 가고, 촐촐하면 한줄기 비가 오고, 밤이면 수많은 별들과 오순도순 이야기할 수 있고 ─ 보다 나무는 행동의 방향이란 거추장스러운 과제에 봉착하지 않고, 인위적으로든, 우연으로든 탄생시켜준 자리를 지켜 무진무궁한 영양소를 흡취하고, 영롱한 햇빛을 받아들여 손쉽게 생활을 영위하고, 오로지 하늘만 바라고 뻗어질 수 있는 것이 무엇보다 행복하지 않으냐.

이 밤도 과제를 풀지 못하여 안타까운 나의 마음에 나무의 마음이 점점 옮아오는 듯하고, 행동할 수 있는 자랑을 자랑치 못함에 뼈저리는 듯하나, 나의 젊은 선배의 웅변 왈, 선배도 믿지 못할 것이라니, 그러면 영리한 나무에게 나의 방향을 물어야 할 것인가.

어디로 가야 하느냐. 동이 어디냐, 서가 어디냐, 남이 어디냐, 북이 어디냐. 아차! 저 별이 번쩍 흐른다. 별똥 떨어진 데가 내가 갈 곳인가 보다. 하면 별똥아! 꼭 떨어져야 할 곳에 떨어져야 한다.

_死後, 1948년 12월 《민성》

달을 쏘다

　번거롭던 사위(四圍, 주위)가 잠잠해지고, 시계 소리가 또렷한 걸 보니, 밤은 적이(약간, 얼마간) 깊을 대로 깊은 모양이다. 보던 책자(册子)를 책상머리에 밀어 놓고 잠자리를 수습한 다음 잠옷을 걸치는 것이다. '딱' 스위치 소리와 함께 전등을 끄고 창 녘의 침대에 드러누우니 이때까지 밝은 휘―양찬 달밤이었던 것을 감각지 못하였댔다. 이것도 밝은 전등의 혜택이었을까.

　나의 누추한 방이 달빛에 잠겨 아름다운 그림이 된다는 것보다도 오히려 슬픈 선창(船艙, 부두)이 되는 것이다. 창살이 이마로부터 콧마루, 입술, 이렇게 하야가슴에 여민 손등에까지 어른거려 나의 마음을 간질이는 것이다. 옆에 누운 분의 숨소리에 방은 무시무시해진다. 아이처럼 황황해지는(허둥거리며 정신이 없어짐) 가슴에 눈을 치떠서 밖을 내다보니, 가을 하늘은 역시 맑고, 우거진 송림은 한 폭의 묵화(墨畵)다. 달빛은 솔가지에 쏟아져 바람인 양 솨—소리가 날 듯하다. 들리는 것은 시계 소리와 숨소리와 귀또리(귀뚜라미) 울음뿐. 벅쩍고던(북적대던) 기숙사도 절간보다 더한층 고요한 것이 아니냐?

나는 깊은 사념에 잠기기 한창이다. 딴은 사랑스러운 아가씨를 사유할 수 있는 아름다운 상화(想華, '수필'을 뜻하는 것으로 추정)도 좋고, 어릴 적 미련을 두고 온 고향에의 향수도 좋거니와 그보다는 손쉽게 표현 못 할 심각한 그 무엇이 있다.

바다를 건너온 H군의 편지 사연을 곰곰이 생각할수록 사람과 사람 사이의 감정이란 미묘한 것이다. 감상적인 그에게도 필연코 가을은 왔나 보다.

하지만 편지는 너무나 지나치지 않았던가. 그중 한 토막,

"군(君)아! 나는 지금 울며, 울며 이 글을 쓴다. 이 밤도 달이 뜨고, 바람이 불고, 인간인 까닭에 가을이란 흙냄새도 안다. 정(情)의 눈물, 따뜻한 예술학도였던 정의 눈물도 이 밤이 마지막이다."

또 마지막 부분에 이런 구절이 있다.

"당신은 나를 영원히 쫓아버리는 것이 정직할 것이오."

나는 이 글의 뉘앙스를 해석할 수 있다. 그러나 사실 나는 그에게 아픈 소리 한마디 한 일이 없고, 서러운 글 한쪽 보낸 일이 없다. 생각건대, 이 죄는 다만 가을에 지워 보낼 수밖에 없다.

홍안서생(紅顏書生, 학문을 닦는 젊은이)으로 이런 단안(斷案, 옳고 그름을 판단함)

을 내리는 것은 외람한(하는 행동이나 생각이 분수에 넘침) 일이나 동무란 한낱 괴로운 존재요, 우정이란 진정 위태로운 잔에 떠놓은 물이다. 이 말을 반대할 자 누구랴. 그러나 지기(知己, 자기를 알아주는 친구) 하나 얻기 힘들다 하거늘, 알뜰한 동무 하나 잃어버린다는 것은 살을 베여내는 아픔이다.

나는 나를 정원에서 발견하고, 창을 넘어 나왔다던가, 방 문을 열고 나왔다던가, 왜 나왔느냐는 어리석은 생각에 두뇌를 괴롭게 할 필요는 없는 것이다. 다만, 귀뚜라미 울음에도 수줍어지는 코스모스 앞에 그윽이 서서 닥터 필링스의 동상 그림자처럼 슬퍼지면 그만이다. 나는 이 마음을 아무에게나 전가시킬 심보는 없다. 옷깃은 민감해서 달빛에도 싸늘히 추워지고, 가을 이슬이란 선득선득해서 서러운 사나이의 눈물인 것이다. 발걸음은 몸뚱이를 옮겨 연못가에 세워줄 때 연못 속에도 역시 가을이 있고, 삼경(三更, 밤 11시에서 새벽 1시)이 있고, 나무가 있고, 달이 있다. (달이 있고……)

그 찰나 가을이 원망스럽고, 달이 미워진다. 더듬어 돌을 찾아 달을 향해 죽어라고 팔매질을 하였다. 통쾌! 달은 산산이 부서지고 말았다. 그러나 놀란 물결이 잦아들 때 오래잖아 달은 다시 살아난 것이 아니냐. 문득 하늘을 쳐다보니 얄미운 달은 머리 위에서 빈정대는 것을—

나는 꼿꼿한 나뭇가지를 골라 띠를 째서 줄을 메워 훌륭한 활을 만들었다. 그리고 좀 탄탄한 갈대로 화살을 삼아 무사의 마음을 먹고, 달을 쏘다.

_1939년 1월 23일 《조선일보》

애상(哀傷)

　조그만 죽음으로 말미암아 그토록 상심 되는 마음을 반성하며 세상에 흔한 더 큰 죽음이라는 것을 생각할 때 딴은 부끄러워지기도 한다. 죽음에 경중은 없는 것이나 짐승보다 더 중할 사람의 경우를 생각할 때 세상에는 얼마나 더 큰 슬픔이 모르는 곳곳에서 사람들의 가슴을 쥐어흔들고 있을까. 거리에서, 마을에서, 집집에서 같은 슬픔이 거의 빌 순간이 없을 것이다.

　자연은 대체 무엇의 대상으로 사람의 가슴속에 그 마지막 슬픔을 못 박아주는 것일까. 사랑을 준 그 대상으로일까. 그러나 사랑이 아무리 컸다고 하더라도 죽음은 그것의 대상으로는 너무도 크고 무서운 것임이 틀림없다.

　모란봉을 거닐면 짙은 추색(秋色, 가을을 느끼게 하는 경치나 분위기)이 아직도

상을 줄 만하다. 현무문 앞 다막(茶幕, 찻집)에 자리 잡고 앉아서 일대를 부감(俯瞰, 높은 곳에서 내려다봄)함이 가장 절경이다. 발에 밟히는 낙엽이 아니라, 눈에 보이는 것은 수목의 상층인 까닭에 영롱한 홍엽과 징벽(澄碧, 맑고 푸른빛이 도는 물)한 강물과의 대조가 지상의 것이 아닌 듯 아름답고 깨끗하다. 대체 몇 시간을 내려다보면 싫어질 것인고. 혼자 보기 아까운, 그렇다고 뭇사람에게 보이기도 아까운 한 폭이다. 그 특출한 한 폭이 보잘것없이 변해버릴 몇 주일 후의 광경을 상상하면 거기에도 죽음의 제목이 숨어 있다. 고운 나뭇잎 하나하나가 흙 속에 묻혀 버릴 것이다. 여윈 나무 휘추리(가늘고 긴 나뭇가지)만이 남아서 서리에 얼어 버릴 것이다.

득월루(得月樓, 대동강에 있는 누각)에는 달이 숨고 전금문(轉金門, 득월루 아래 있는 문)에는 바람이 찰 것이다. 이것은 대체 안타까운 일이 아니란 말인가. 슬픈 사실이 아닐 것인가. 나뭇잎은 너무도 흔한 까닭에 낙엽은 범연한 현상이며, 시절의 변화는 자주 오는 정리인 까닭에 아름다운 가을이 가 버림이 아무 감격도 없는 범상한 사실이란 말인가. 자연의 조락(차차 쇠하여 보잘것없이 됨)을 위해서는 한숨을 안 지어도 좋고 눈물을 안 흘려도 좋단 말인가. 세상에는 몇 사람쯤 그것을 위해 슬퍼하고 애달파하는 사람이 있어도 좋을 법하다. 진부한 애상을 되풀이해서 가는 가을을 아까워해도 좋을 법하다.

그러나 마지막 홍엽을 아무리 탄식해도, 흐르는 강물을 아무리 아껴도 자연의 정리(정해져 있는 이치)는 내게 힘 부치는 것. 그만 병으로 돌아올 때다. 사랑하는 짐승도 가버렸고, 가을도 마저 저물어 가고, 결국 방에 남은 것은 고구려의 고도기(질그릇) 뿐이다. 은근하게 빛나는 흑갈색 윤택 속에 고대의 향기를 맡으며 옛 살림을 생각해 본다. 옛 가을이, 옛 홍엽이 그 속에 비추어 있는지 뉘 알랴. 그것을 생각하므로 나는 지는 가을을 연장할 수 있으며, 지난 사랑을 회상할 수도 있다. 사랑은 역시 마음속에 있는 것이요, 상상 속에서 무한히 지속되어 가는 것인 듯하다.

_1939년 11월 9일 《조선문단》

_이효석

단상(斷想)의 가을

책상 위의 원고지가 서가 위의 설백석고(雪白石膏, 눈같이 하얀 석고)의 소녀
상같이 희고, 초콜릿 빛 파이프의 골동이 고귀한 고대의 도기같이 윤택
하게 빛나고 ─ 이것이야 반드시 가을의 탓이 아니라 할지라도 소탁식분
(小卓植盆, 작은 탁자 위의 화분)의 아스파라거스 잎새가 병든 것같이 여위었음
은 ─ 이것은 바로 가을의 탓이 아닐까.

요리 접시에 오르는 민출한 아스파라거스의 줄거리(줄기)와는 전연 이
종족(異種族)같이 이 분재의 것의 대와 잎새는 왜 이리도 애잔하고 섬세하
고 사치한가. 마치 병욕(病褥, 병석) 위에 누운 여인(麗人)의 자태와도 같다.
성래(性來, 본디의 성질)의 바람도 그러하거니와 가을의 의상이 또한 그러한
인상을 입히는 것이 아닐까. 더구나 분(盆) 안에 깔아 놓은 하얀 조개껍데
기 ─ 이것도 이제는 싸늘한 철 늦은 감각을 줄 뿐이다. 방 안에 있으면서

바다의 음향을 들으려고 여름 해변에서 주워 온 조개껍데기 ─ 이제는 그만 펀뜩('물체의 모습이 순간적으로 뚜렷하게 나타나는 모양'을 나타내는 북한말) 계절의 부채를 닫혀주었으면 하는 느낌을 준다. 바다는 여름의 것이지 가을의 바다는 아무래도 철 지나서 쓸렁하다. 나의 귀 모양이 조개껍데기와 같은 까닭으로가 아니라 바다가 가까운 까닭으로 방 안에 앉아 있어도 처량한 음향이 쉴 새 없이 들려온다. 그 음향이 모르는 결에 가을을 실어 온 것이다.

해바라기, 금연화, 금전화, 카카리아, 석죽, 로탄제, 백일홍, 금어초, 비연초, 시차초, 캘리포니아 포피, 봉선화, 분꽃, 애스터, 채송화, 들국화, 만수국, 칸나, 글라디올러스, 달리아, 샐비어, 코스모스……

수첩에 적혀 있는 가을 화초의 가지가지. 칸나와 글라디올러스의 농염한 진홍의 열정보다도 역시 카카리아, 금어초, 비연초, 애스터, 샐비어의 아담한 자태가 가을 성격에 더 잘 맞는 것이 아닐까. 그러나 그것보다도 더 아름다운 가을 화초는 싸리나무 꽃일 것이다. 깨끗하고 초초한 풍채 그대로가 바로 맑은 가을의 상징이 아닐까.

거리의 구석에 자작나무(白樺)로 토막집을 짓고 주위에 싸리나무를 그득히 심어 보았으면 ─ 가을 공상의 하나.

의자를 들고 마루에 나가니 이웃집 능금나무가 눈앞에 가깝다. 짙은 청지(靑地)에 붉은 별을 무수히 뿌려 놓은 페르시아 자수와도 같은 능금나무 ─ 5월에 꽃필 때의 인상과는 전연 달라 고대적 이국적 느낌을 줌은 무슨 까닭인고. "아홉 해 동안의 무료한 세월을 능금 꽃을 바라보며 자식

이 돌아오기를 기다렸다……" 운운의 워즈워스(William Wordsworth, 영국의 시인)의 문학에는 친밀감을 느끼면서 열매 맺은 이웃집 능금나무에 도리어 고색(古色, 예스러운 풍치나 모습)적 이국감(異國感, 인정, 풍속 따위가 전혀 다른 남의 나라에서 느끼는 생각이나 감정)을 느낌은 대체 무슨 까닭인가. 능금의 열매, 그것이 인류 최고의 불후 고전이기 때문일까.

뜰 옆 포도 시렁에는 포도송이가 익을 새 없이 아이들이 쥐어뜯어 가서 지금에는 이지러진 검은 송이가 덩굴 밑에 군데군데 들여다보일 뿐이다. 포도라니 재작년 가을이 생각난다. 지금으ㄴ 없는 고인과 서너 너덧 사람 작반(作伴, 동행자나 동무로 삼음)하여 성북동 포도원을 찾았을 때의 가을―날도 아름다웠고 마라카(야자열매의 한 종류)라든지 무엇이라든지 포도의 미각도 잊을 수 없거니와 마음도 즐겁더니. 지금에는 고인의 그림자조차 없다. 모든 정서와 비밀을 품은 채 그는 가만히 가버린 것이다. 비밀이라면 땅속에 파묻혀 영원히 사라져버리는 비밀도 많은 것 같다. 포도 씨가 땅에 떨어져 다시 싹이 나는 것과는 뜻이 다르다. 성북동의 가을―추억의 보금자리.

가을이 왔다고 산에 오르고 들에 나가지 않고도 방 안에 앉아서 생각하는 가을이 더 절심(絶深, 생각이 매우 깊거나 심각함)함은 무슨 까닭인고. 현실의 가을보다도 관념의 가을이 월등히 감동적임은 무슨 까닭인고.

자유로운 꿈의 날개가 상념의 세상을 비상하는 외에 일간 · 월간의 간행물이 가을을 전하여 주고 화집의 페이지가 환상을 그려준다. 그 위에 베를레느(Paul Verlaine, 프랑스의 낭만파 시인)의 비올롱(violon, 바이올린) 아닌 육현

금의 판당고(스페인 남부 안달루시아 지방의 민요 및 민속 무용곡 중 하나)의 줄을 옆에서 누가 뜯어나 주면 ― 자신이 뜯는 것보다도 무기교의 것이나마 남이 뜯는 것을 들음이 한층 더 아름답다 ― 최상급의 가을 정서가 네 쪽의 벽으로 막힌 공간 안에 넘쳐흐르는 것이다. 아코디언 ― 부드러운 음률을 가지면서도 가을 악기로는 요란하다. 벽장 속에 간수하였다가 겨울에나 집어내지.

서울 갔던 길에 낟(곡식의 알) 채로 사온 한 파운드의 모카가 아직도 통속에 아니 남은 것이 속 든든히 생각된다. 파아코레에터(커피를 추출하는 기구)를 사용하니 넣은 가루의 분량만 아끼지 않으면 가배(珈琲, 커피)의 진미가 조금도 상하지 않는다. 우유도 목장에서 신선한 것이 온다. 가배에 관한 한 서울의 끽다점(喫茶店, 찻집)을 부러워하지 아니하고도 지낼 수 있으니 이 역 가을의 기쁨의 하나.

다만, 한 가지 부자유스럽고 쓸쓸한 것은 여인 풍경의 빈궁이다. 적막한 고성 터인 이곳은 당세적 여인 풍경과는 무릇 인연이 멀다. 댕기드리고 '골로시(고무신)' 신은 촌랑(村娘, 촌색시)조차 새벽하늘의 별같이 드물게 눈에 띠일 뿐이니, 하물며 속발여장(束髮麗粧, 머리털을 가지런히 하여 흐트러지지 아니하게 잡아 묶어 곱게 단장함)의 당세랑(當世娘, 그 시대의 아가씨)에 이르러서야 채색적 시각은 거의 기아 상태였다. 새까만 드레스에 새빨간 목도리 감은 백석혜모(白晳慧眸, 살갗이 희고 총명한 눈동자)의 풍류랑 ― 그의 마음까지 차지함은 귀찮은 사업에 속하겠지만 적어도 야심을 잊은 시각적 풍경만이라도 풍안(豊眼, 볼거리가 많음)이었으면 오죽 생색이 있을까. 그러나 그것도 이

155

곳에서는 얻을 수 없는 일이니 이 역시 활자와 화집으로 꿈꿀 수밖에는 없는 노릇이다. 벽 속의 가을—그것은 꿈의 가을이다.

　　—치성(雉城, 함경북도 경성의 옛 이름)에서

계절의 표정

한여름 내 모든 것이 싫었다. 말하자면 속옷을 갈아입고 넥타이를 반듯하게 잡아매고 그 귀에 양복을 말쑥하게 손질해 입는 것이 귀찮을 뿐 아니라 밥을 먹어야 한다는 것도 기실 큰 짐이었다. 어쩌면 국이 덤덤하고 장맛이 소태같이 쓰고 해서 될 수 있는 대로 사렸다. 그러자니 혹 전차 안에서나 다방 같은 데서 친한 동무를 만나서도 꼭 않아서는 안 될 인사 말밖에 건네지 않았다. 속마음으로는 미안한 줄도 아는 것이지마는 하는 수 없었다. 대관절 사람이 모두 귀찮은 데는 하는 수 없었다. 그래서 금년 여름 동안은 아주 사무적인 이외에 겨우 몇 사람의 동무와 만나면 바둑을 두거나 때로는 빌리어드(billiards, 당구)를 쳐봐도 손들이 많이 오는 데보다는 될 수 있으면 한산한 곳을 찾았다. 그다지 좋아하던 맥주조차 있으면 마시고 없으면 그만이었다. 그다지 자주는 못 만나도 그리울 때면 더러는 찾아가 보고자 한 적도 있었건만 도무지 몸이 듣지 않는다. 대개는 제대로 만들어진 기회에 길손처럼 만나서는 흩어지고 잠자리에 누워서 뉘우쳐 보는 것이어서 이제야 비로소 뉘우친다는 버릇이 생겼다.

그래서 여름 동안은 책 한 권 책답게 읽어 보지 못했다. 전과 같으면 하늘이 점점 맑고 높아 오는 때면 아무런 말도 없이 내 가고 저운 곳으로 여행이라도 갔으련만 어쩐지 여정(旅情)조차 느껴지지 않고 몸도 마음도 착 까라지는 것이었다. 그러나 짐짓 가을에 뺨을 부비며 항분(亢奮, 힘써 겨룸)해 보고 울어라도 보고자 한 네 관습이 아직 살아 있었다는 것은 계절을 누구보다도 먼저 느낄 만한 외로움이 나에게 있었다. 그래서 나는 밤에 안두(案頭, 책상 한쪽)에 쌓여 있는 시집 중에서 가을에 읊은 시들을 한두 차례 읽어 봤다. 그중에서 대표적이고 세상의 문학인들에게 한 번씩은 으레 외지는 것으로 폴 베를렌의 '가을의 노래'를 비롯하여 르미이 드 구르몽의 '낙엽시'와 '가을의 노래'는 너무도 유명한 것이지마는, 이 불란서의 시단을 잠깐 떠나서 도버해협을 건너면 존 키츠의 '가을에 붙이는 시'도 좋거니와, 윌리엄 버틀러 예이츠의 '낙엽시'도 읽으면 어딘가 전설의 도취와 청춘의 범람과 영원에의 사모에서 출발한 이 시인의 심각해 가는 심경을 볼 수 있어 좋으려니와, 다시 대륙으로 건너오면 레나우의 '추사', '만추'는 읊으면 읊을수록 너무나 암담하고 비창(悲愴, 마음이 슬프고 서운함)해서 눈이 감기는 것이나 다시 리리엔 크론의 '가을' 같은 것은 인상적이고 눈부신 즉흥을 느낄 수 있는 가을이건마는, 철인 니체의 '가을'은 그

애매(愛妹, 사랑하는 누이)의 능변으로도 수정할 수 없을 만큼 가슴을 찢어 놓는 '가을'이다.

여기서 다시 북구(北歐)로 눈을 돌리면 이곳은 지리적인 까닭일까, 가을이 원체 짧은 까닭일까, 가을을 읊은 시가 다른 지역보다 매우 적은 것만은 틀림이 없다. 그러나 러시아의 몇 날 안 되는 전원의 가을을 읊은 세르게이 에세닌의 '나는 아끼지 않는다'라든지, '잎 떨어진 단풍'과 '겨울의 예감' 등등은 농민들의 시인으로서 그가 얼마나 망해 가는 농촌의 구각(舊殼, 낡은 껍질이라는 뜻으로, 시대에 맞지 않는 옛 제도나 관습 따위를 이르는 말)을 애상해 한 데 천부의 재능을 경주했는가 엿볼 수 있어 거듭거듭 외어 보거니와, 여기서 나의 가을 시 순례는 마침내 아시아로 돌아오고 마는 것이다.

그중에도 시문악의 세계적 고전이며 그 광희가 황황(煌煌, 번쩍번쩍 빛나서 밝음)한 3천 년 전의 가을을 읊은 시전(詩傳,《시경》의 내용을 알기 쉽게 풀이한 책)〈국풍겸가장〉을 찾아보고는 곧 번역해 보고 싶은 충동을 느끼지 않을 수는 없었다. 제 것이나 남의 것을 가릴 것 없이 고전을 번역해 본다는 데는 망령되이 붓을 댈 것이 아니라 신중한 태도를 가질 것은 두말할 바 아니나, 그것이 막상 문학인 데야 번역 안 될 문학이 어디 있겠느냐는 철없는 생각에 나는 그만 그 일장을 번역해 보고 말았다

갈대 우거진 가을 물가에

찬 이슬 맺어 무서리 치도다.

알뜰히 못 잊을 그 님이시고

이 강 한가번연히 계시련만.

물 따라 찾아 오르려 하면

길은 아득해 멀기도 멀세라.

물 따라 찾아 내리자 하면

그 얼굴 그냥 물속에 보여라.

이렇게 겨우 3장에서 1장만을 역(譯)했을 때다. 홀연히 사지가 뒤틀리는 듯하고 오슬오슬 추우면서 입술이 메마르곤 하였다. 목 안이 갈하고 눈치가 틀리기도 하였지마는 그냥 쓰러진 채 어떻게 되었는지도 모른다. 그다음 날 아침에 자리에서 일어났을 때는 머리가 무거운 것이 지난밤 일이 마치 몇 천 년 전에도 꿈속에서나 지난 듯 기억에 어렴풋할 뿐이었다.

그때야 비로소 나는 병이란 것을 깨달았다. 다만 가을에 대한 감상만 같으면 심경에나 오지 육체에 올 것이 아니라고 생각했다. 그러나 딴은 때가 늦었다. 원체 나라는 사람은 황소같이 튼튼하지는 못해도 20년 내에 물에 씻은 듯 감기 고뿔 한 번 시다이 못해 보고 병 없이 지내온 터라 병에 대한 두려워하는 마음이 없고, 때로 혹 으스스하면 좋은 양방(가미 청주계란탕)이란 것이 있어 주당들은 국적을 물을 것도 없이 대개 짐작

160

을 한다)이 있어 요번에도 그것이면 무려할 줄 알았다. 하지만 내가 병이라고 생각한 때는 병이 벌써 뿌리를 단단히 박은 때요, 사실 병이 시작된 때는 첫여름이었던 모양이다. 그래서 모든 것이 귀찮고 거북하고 말조차 여러 번 하기 싫었던 모양인데, 미련한 게 인생이고 미련한 덕분에 멋모르고 가을까지 살아왔다는 것은 아무런 기적이 아니라 고열에 시달리면 매약점(賣藥店, 약을 파는 가게)에 들어가 해열제를 한 봉 사고 아무 데나 다방에 들어가면 더운 가배와 함께 마시면 등골에 땀이 촉촉하게 젖으며 그날 볼 잡무를 다 볼 수 있는 게 신통한 일이기도 했다. 그러나 권태만은 어찌할 도리가 없었다. 여기서 나는 또 한 가지 묘책을 얻었다는 것은 요놈 쉴 새 없이 나를 습격해 오는 권태를 피하려고 하지 않고 권태를 될 수 있는 대로 친절하게 달래어서 향락하려고 했다. 그래서 흉보지 않을 만하면 사무실, 응접실, 살롱 할 것 없이 귀가 묻힐 만큼 의자에 반은 누운 듯 지내왔다. 담배를 피우며 입술을 조붓하게 오므리고 연기를 천장으로 곱게 불어 올리는 것이었다. 거기에 나는 갠 날의 무지개를 그리는 것이었다. 그뿐만 아니라 나와 마주 앉은 벗들에게 무료를 느끼지 않도록 체면을 차리자면 S는 희랍이나 로마의 신화를 이야기하는 것이고, 나도 열이 내린 틈을 타서 서반아(스페인)의 종교 재판이나 〈아라비안 나이트〉의 어느 대목을 되풀이하면 그 자리는 가벼운 흥분이 스쳐 갔다.

그때는 벌써 처마 끝에 제법 굵은 왕벌들이 날아들었다가 다시 먼 곳으로 날아가고, 들길 가에 보랏빛 들국화가 멀지 못한 서릿발에 다투어 고운 날을 자랑하는 것이었다. 나는 또 길을 걷기에 재미를 붙여 보려고도 했다. 혼자 아침 이슬이 아직 마르기도 전에 시외의 나만 가는(나는 3, 4년 동안 나 혼자 거닐어 보는 숲이었다) 그 숲속으로 갔다. 거기도 들국화는 피어 햇살을 기울게 받아들일 때란 숲속에서만 볼 수 있는 운치와 어울려 마치 보랏빛 연기가 피어오르는 듯 그윽해지는 것이었다. 그러나 나는 이곳을 오래 방황할 수는 없다는 것은 으슬으슬 추워지는 까닭이며 따라서 내 몸이 앓고 있다는 표적이라 짜증이 나고, 그래서 짚고 간 지팡이로 무자비하게도 꽃송이를 톡톡 치면 퉁겨진 꽃송이들은 낙화처럼 공중을 날아 내 머리와 어깨 위에 지는 것이고, 나는 그만 지쳐서 가쁜 숨을 돌리려고 마친 사람처럼 길을 찾아 나오곤 했다.

　길옆 잔디밭에 앉아 숨을 돌리며 생각해 본다. 아무리 해도 올 곳은 마음은 아니었다 하지마는 길 가는 놈은 어째서 나를 비웃고 지나는 거냐? 대체 제 놈이 무엇인데 내가 보기엔 제가 미친놈이 아니냐? 그 꼴에 양복이 무슨 양복이냐? 괘씸한 녀석하고 붙잡아 쌈이라도 한판 하지 않으면 내 화는 풀릴 것 같지 않아서 보면 벌써 그 녀석은 어딘지 가고 없다. 이 분을 어디다 푸느냐? 곰곰이 생각하면 그놈 한 놈뿐만 아니라 인간 놈이란 모두가 괘씸하다. 어째서 나를 비웃고 업신여기는 거냐. 내가 누군 줄 알고, 나는 아직 이 세상에 네까짓 놈들하고 나서 있지 않다. 또 언제 이 세상에 태어날는지도 모르는 현현(玄玄, 현묘하고 심오함)한 존재이다. 아니 꼬운 놈들이로군, 하고 별러댈 때는 책상에 엎어진 채로 열이 40도를 오르락내리락한 때였다.

 벗들이 나를 달랬다. 전지(轉地, 어떤 일로 얼마 동안 다른 곳으로 옮겨 감) 요양을 하란 것이다. 솔깃한 말이라 시골로 떠나기로 결정을 했지만 막상 떠나려고 하니 갈 곳이 어디냐? 한 번 더 생각해 보지 않을 수 없었다. 조건을 들면 공기란 건 문제 밖이다. 어느 시골이 공기 나쁜 데야 있을라구. 얼마를 있어도 싫증이 안 날 데라야 한다. 그러면 경주로 간다고 해서 떠난 것은 박물관을 한 달쯤 봐도 금관, 옥적(옥으로 만든 대금 비슷한 취악기), 봉덕종(봉덕사 종을 말하는 것으로 '성덕대왕 신종'이라고도 함), 사사자(砂獅子)를 아무리 보아도 싫증이 날 까닭은 원체 없다. 그뿐인가, 어디 일초일목과 일토일석을 버릴 배 없지마는 임해전(臨海殿, 중국 전설에 나오는 봉래산을 본떠서 경주 동쪽에 못을 파고 지었다는 전각) 지초(支礎, 굄돌) 돌만 남은 옛 궁터에서 가을 석양에 머리칼을 날리며 동남으로 첨성대를 굽어보면 아테네의 원주(圓柱)보다도, 로마의 원형 극장보다도 동양적인 그 주란화각(朱欄畫閣, 단청 칠을 곱게 하여 화려하게 꾸민 누각)에 금대옥패(金帶玉佩)의 쟁쟁한 옛날 소리가 들리지 않는가? 거기서 나의 정신에 끼쳐 온 자랑이 시작되지 않았느냐? 그곳에서 고열로 인해 죽는다고 하자. 그래서 내 자랑 속에서 죽는 것이 무엇이 부끄러운 일이냐? 이렇게 단단히 먹고 간 마음이지만, 내가 나의 아테네를 버리고 서울로 다시 온 이유는 시골 계신 의사 선생이 약이 없다고 서울을 짐짓 가란 것이다. 서울을 오니 할수없어 이곳을 떼를 쓰고 올밖에 없었다.

_1942년 1월 《조광》

_노천명

낙엽

　간밤에 불던 바람이 마당 한구석에 낙엽을 한 무더기 몰아다 놓았다.
나는 세수할 것도 잊고 한참 팔짱을 낀 채 쌓인 잎들을 바라다본다. 오동
잎에, 버들잎에, 가랑잎에, 갖가지 잎이 섞여 있다. 의지하고 달려 있던 제
어버이 나무에서 떨어져 거센 바람이 모는 대로 저항 없이 굴러다니다가
우리 집 뜰까지 왔거니 하니, 어쩐지 마음이 회심(會心, 쓸쓸함)해진다. 바람
이 또 불면 다시 어디로 굴러가야 할 것이 아닌가.

　그러고 보면 이런 낙엽 지는 꼴이 보기 싫어서인지 나는 사철 중에 가
을을 제일 싫어하나 보다. 포도를 걷다가도 가로수를 흔드는 바람세가
선들거리기 시작하는 것을 보면 소름이 끼친다. 봄은 밉고, 가을은 싫다.
더도 덜도 말고 흔닢 나물이 바야흐로 퍼지려 하고, 두릅 순이 연연하게
돌아 나고, 채마밭엔 지난가을에 심었던 마늘이 댕기 같은 잎사귀를 탐

스럽게 쭉쭉 벋는 첫여름이 제일 좋고, 차라리 눈 오는 겨울이 좋지만, 가을은 웬일인지 좋은 줄을 모르겠다.

내 사랑하는 조카 용자가 간 것도 다 늦은 가을이었다. 남쪽이라 뜨락(뜰)에는 석류가 빠알가니 열린 한낮, 수녀님의 인도함을 따라 그는 성모 마리아를 부르며 조용히 떠나갔다.

골롬바(용자의 세례명)는 천당엘 갔다고 우리는 위로받는다. 양지바른 곳에다 묻어 주고, 나는 산으로 돌아다니면서 댕댕이덩굴을 걷고, 들국화를 몇 송이 꺾어다 꽃방석을 틀어 무덤 위에 얹어 주고, 무거운 걸음을 걸어 진실로 허무를 느끼며, 세상 모든 것에 이후부터는 결코 애착을 붙이지 않으리라고 저물어 가는 산과 들에 맹세하면서 돌아왔다. 스물두 살이나 먹어가지고 이처럼 가슴을 뜯으며 보낼 줄은 몰랐다.

추야장 긴긴밤을 나는 그리운 조카의 생시 모습을 따라 헤맸다. 가슴을 파고드는 비애에 나는 아무것도 할 수 없었다. 자다가 일어나서도 용자를 부르면서 울었다. 누런 스웨터를 입은 경기여고 시절의 모습을 따라, 또 이화여전 제복의 모습을 따라, 다시 출가 후의 긴 치마 입은 모습을 따라서 나는 미칠 것같이 헤매었다.

어머니를 따라, 사랑하는 동생을 떠나, 외로운 아주머니를 떠난 용자야, 너는 지금쯤 어디로 훨훨 가고 있느냐? 그 큰 허우대를 하고 낙엽처럼 어디로 혼자 떠나고 있느냐?

한밤중에 이는 바람 소리도 나는 이젠 무심히 들리지 않는다. 이상한 소리를 품은 바람 소리를 들을 때면 나는 베개에서 귀를 소스라뜨리며 행여 사람들의 죽은 혼이 밤이면 저렇게 돌아다니는 것이 아닐까, 하고 어리석은 생각을 해보기도 한다.

_1958년

_김기림

가을의 누이

누이야, 너는 오늘 무엇을 하고 있니? 강가의 수수밭에서 까마귀들이 수까마귀처럼 흩어지는 것을 멍하니 바라보고 있니? 겨울이 허둥지둥 강 위로 썰매를 타고 오기 전에 그들의 기름진 슬픔을 묻을 데를 찾아서 산기슭 수풀로 달려가는 것을 바라보고 있니? 까마귀 검은 얼굴은 겨울을 부끄러워한다더라.

네가 귀를 기울이고 있는 것은 성장이 멈춰선 늙은이들의 분주한 파산 정리인인 가을의 발자취를 엿듣고 있음이냐? 먼 길이 끝난 곳에서 매미, 찌르라기, 반딧불, 귀뚜라미…… 내일을 가지지 못한 나그네 한 떼가 그들의 장례에 대해 이야기하는 것을 웃고 있는 것이냐?

지금 가을은 석류 알 날랜 주둥아리에 담뿍 깨물려서 붉게 피가 돈아 아프다. 또 가을바람이 우리의 이마 주름살을 헤아리려 들을 건너온다.

누이야, 이들을 책망하자. 들아, 너는 완성의 설움이 오기 전에 언제까지나 나와 함께 여름처럼 젊자던 약속을 저버렸니.

누이야, 설거지가 끝나거든 저 백양 버들 밑으로 나가자. 거기 가난한 개천에 엎드려 저 늙은 할아버지처럼 슬퍼하는 가을에는 "잘 가라"를 일러주며…… 돌아와서 병자처럼 이 쓰러진 굴뚝을 손질하자. 그리고 잊어버렸던 검은 화덕에 붉은 불을 피우고 긴 항해의 이야기와 같은 겨울을 기다리자.

_1934년 2월 《중앙》

금화산령(金華山嶺)에서

초가집 처마 끝에 고추 다래가 붉게 늘어지면 산기슭은 귀뚜라미 소리에 눌린다.

이 시절이면 율정(栗亭, 저자의 고향집)의 자연석 위에 고요히 걸터앉아 자연의 주악(奏樂, 음악)에 귀를 기울이고 어지러운 마음을 잊는 것처럼 더 큰 마음의 위안이 없었다.

장미꽃이 빨갛게 피는 봄 아침이나 방초(芳草, 향기롭고 꽃다운 풀)가 하얗게 머리를 푸는 가을 저녁이면 나는 이 율정을 잊지 못한다. 창작에 매듭진 생각도 봄 아침, 가을 저녁의 이 율정에서 풀렸고, 파리한 마음에 너그러운 살도 봄 아침, 가을 저녁의 이 율정에서 쪘다. 장미꽃을 빨갛게 물드는 봄 아침의 율정, 방초 머리가 하얗게 풀리는 가을 저녁의 율정—그 어느 해나 봄과 가을 이 두 철을 맞으며 내 고향집 율정을 잊은 때가 있었을까.

달빛에 젖은 금화산 턱을 끼고 저녁 늦게 집으로 돌아오다가 문득 율정이 그리워지는 서정(감정)을 참을 수 없었다. 귀뚜라미 소리가 여물수록 풀리는 방초 머리였다. 추석도 이미 지났으니 한참 성(盛, 무성함)히 풀리어 흐드러졌을 방초 머리다. 그 머리 푼 방초 속에서 우는 귀뚜라미 소리는 유달리도 정서를 자아내게 하였다.

그러지 않아도 8·15 이후 나는 고향 집 소식을 모른다. 38선은 나를 본고향으로 보내주지 아니하고, 또 고향은 소식을 전해주기엔 아주 신용이 없었다. 그러니 가뜩이나 그리운 율정이다. 어지러운 마음에 억하게 느껴지는 심서(心緖, 마음속에 품고 있는 생각이나 느낌)를 부여안고 고개턱에 힘없는 걸음을 세웠다.

주위 숲속은 귀뚜라미 소리로 온통 가득 찼다. 방초가 없고, 나를 맞는 자연의 돌의자가 없다뿐이지, 율정 방초 밭에서 듣던 그 귀뚜라미 소리 그대로 귓가에 익다. 담배를 피워 물고 언덕에 앉았다. 소음이 시끄럽다. 노변에다 일렬로 건너 지은 피난민의 거적 막 속에서 들리는 신음, 좁은 길을 유형선 자동차가 달리는 폭음 소리만 듣기도 역한데 먼지까지 주위를 뒤덮는다. 가던 사람마다 입을 막고 손길을 내젓는다. 앉았던 보람도 없다. 나도 입을 막고 일어섰다. 그래도 귀뚜라미 소리는 끊일 줄을 모른다. 귀뚜라미 소리는 같은 귀뚜라미 소리건만 왜 율정에서 듣던 귀뚜라미 소리처럼 그렇게 내 마음에 위안을 주지 못할까. 여전히 가라앉을 길이 없는 마음이다. 천 리 길 가깝지 않은 율정이라도 열 시간 동안 기차 신세만 지면 어지러운 심서를 마음대로 풀 수 있었다. 그러나 해방과 함께 그어진 38의 경계선은 서로 제 땅이 아닌 듯이 율정으로 가는 길을 구속하고 말았다. 다시금 암담해지는 마음을 안고 나는 또 걸음을 내켰다.

　새빨간 불을 가슴에 단 미국 비행기는 무슨 일로 또 푸르릉 푸르릉 머리 위에서 돌기 시작하는 것일까.

_1947년 9월 《경향신문》

고독

작가 생활에 있어 여행이 지극히 필요한 줄은 알면서도 나는 그것에 그토록 취미를 느끼지 못한다. 그리하여 특수한 사정이 아닌 한 우금껏(于今一, 지금까지) 여행을 위한 여행을 단 한 번도 가져 본 일이 없다.

고독이 찰지게 두고 스며들 때는 여행이라도 하여 보면, 시원할 듯이 문득 생각되면서도 차마 그것을 실행하여 그 찰지게 파고드는 고독을 아주 잊고 싶지는 않다. 고독이란 그 무슨 진리를 담은 껍데기 같게도 생각되면서 나를 버리지 않고 따르는 그것이 차라리 반갑게 여겨지기도 하기 때문이다.

그것은 고독을 피함으로써 마음의 위안을 삼고자 하기보다는 그것과 싸워 이김으로써, 그래서 그 껍데기를 깨트림으로써 그 속에 담긴 그 참된 진리를 알뜰히 꺼내 보고 싶은 욕심이 여행에의 취미보다 더 강한 유혹을 받기 때문이다. 그리하여 나는 고독이 심할수록 고요한 곳을, 지극히 고요한 곳을 찾기보다는 더한 고독과 친하여 보고자 한다.

그러나 그 고독이란 껍데기 속에 들어 있을 듯한 진리는 가만히 눈을 감곤 숙친(오래 사귀어 친분이 아주 가까운)하기에 여간 벅찬 것이 아니다. 숨이 막힐 듯이 답답함에 더는 못 견디어 벌떡 몸을 일으켜 방 안으로 걸음을 돌린다. 역시 감은 눈에 뒷짐을 지고 흥글흥글(몸을 앞뒤 또는 좌우로 흔들어 가며 한가하게 천천히 걸음) 몇 바퀴고 수없이 돌아본다. 그래도 마음이 시원치 않으면 밖으로 나가 뜰 안을 돈다. 방 안보다는 여유 있는 면적이, 그리고 호흡할 수 있는 신선한 공기가 한결 시원해 주위 사정에 거리낌이 없는 한, 그래서 때가 밤일 경우에는 밤이 깊은 줄도 모르고 몇 시간이고 줄곧 계속하여 돌게 된다. 그러나 중안(中眼, 눈빛이나 크기, 생김새 따위가 보통인 눈)의 시선에 이 행동이 드러날 우려가 있는 낮일 때는 산상(山上, 산의 정상)을 찾는다. 산상의 평평한 잔디를 고요히 눈을 감고 제 사념에 자기를 잊어가며 거니는 맛이란 담배 연기 자욱한 기차 속에서 오력(伍力)을 못 펴고 무릎을 맞비벼야 하는 여행에 비할 정도의 맛이 아니다.

그리하여 끊일 줄 모르는 이 취미는 같은 산상, 같은 자리에서 끊임없이 반복된다. 한때는 흉보기를 잘하는 근처 집 노파에게 아무개가 그게 미치지 않았나? 하는 퀘스천 마크를 길게 끌고 다니며 외임을 들어 본 일도 있지만, 고독과 친해지자는 나의 그런 취미는 쉽게 고칠 수 없는 하나의 버릇으로 되어 무엇을 생각하게만 되면 그 처소가 어디임을 헤아리지도 못하고 벌떡 일어서서 왔다 갔다 좌석을 거니는 무례를 범하게 된다. 그러나 나는 이 버릇을 구태여 자신에 책하고 싶은 마음이 없이 주위를 피하여 마음 놓고 거닐어 볼 터전이 없는 서울에 살게 됨을 한스러워한다.

문밖을 나서면 거리다. 눈을 부릅뜨고 좌우를 살펴 가며 걸어도 어느 틈에 맞닥뜨리는 자전거, 자동차가 사람을 몰라보는 혼잡이다. 바른 정신을 가지고는 차마 감불생심이요, 산이 그리우니 발 가까운 데가 없다. 적어도 하루의 시일은 다들 요(要)할만 한 곳이다. 그러니 다만 허락된다는 곳이 오직 제가 기거하는 방안일 따름이다.

그러나 방이란, 내 방이자 곧 아내의 방이요, 또한 아이들의 방이기도 하다. 조용할 리도 없거니와, 세간(집안 살림에 쓰는 온갖 물건)이 너저분히 널려 생념(生念, 어떤 생각을 가지거나 엄두를 냄)이 날 턱도 없는데, 걸음까지 또한 촌보(寸步, 몇 발짝 안 되는 걸음)도 허락하지 않는다. 그러니 실내 여행에조차 굶주리게 되는 고독의 껍데기는 이제 비켜 볼 길 없이 제대로 아주 굳어져 버린 것이 아닌가 싶어진다.

_1941년 《조광》

고독

댕그렁!

가끔 처마 끝에서 풍경(風磬)이 울린다.

가까우면서도 먼 소리는 풍경 소리다. 소리는 그것만 아니다. 산에서 마당에서 방에서 벌레 소리가 비처럼 온다.

벌레 소리! 우는 소릴까! 우는 것으로 너무 맑은소리! 쏴―바람도 지난다. 풍경이 또 울린다.

나는 등을 바라본다. 눈이 아프다. 이런 밤엔 돋우고 낮추고 할 수 있어 귀여운 동물처럼 애무할 수 있는 남폿불이었으면.

지금 내 옆에는 세 사람이 잔다. 안해(아내)와 두 아기다. 그들이 있거니 하고 돌아보니 그들의 숨소리가 인다.

안해의 숨소리, 제일 크다. 아기들의 숨소리, 하나는 들리지 않는다. 이들의 숨소리는 모두 다르다. 지금 섬돌 위에 놓여 있는 이들의 세 신발이 모두 다른 것과 같이 이들의 숨소리는 모두 한 가지가 아니다. 모두 다른 이 숨소리를 모두 다를 이들의 발소리와 같이 지금 모두 저대로 다른 세계를 걷고 있는 것이다. 이들의 꿈도 모두 그럴 것이다.

나는 무엇을 하고, 무엇을 생각하고 앉았는가?

자는 안해를 깨워볼까, 자는 아기들을 깨워볼까, 이들을 깨우기만 하면 이 외로움은 물러갈 것인가?

인생의 외로움은 안해가 없는 데, 아기가 없는 데 그치는 것일까. 안해와 아기가 옆에 있되 멀리 친구들 생각하는 것도 인생의 외로움이요, 오래 그리던 친구를 만났으되 그 친구가 도리어 귀찮음도 인생의 외로움일 것이다.

山堂靜夜坐無言
蔘蔘寂寂本自然

얼마나 쓸쓸한가!

무섭긴들 한가!

무섭더라도 우리는 결국 이 요요적적(蔘蔘寂寂. 고요하고 고요함)에 돌아가야 할 것 아닌가!

_1941년 수필집《무서록》

_최서해

고적(孤寂)

불을 껐다. 어둠은 기다리고 있는 듯이 방안을 까맣게 흐렸다.

나는 목침을 베고 누웠다. 의복을 입은 채로 삿자리(갈대를 엮어서 만든 자리) 위에 담요만 덥고 누웠다. 피곤한 사지는 저릿저릿하다. 나는 눈을 감았다. 그리고 입이 찢어지도록 벌리면서,

"아!"

하품을 하고 몸을 비비 틀었다. 그때 아무 의미 없는 눈물이 힘없이 감은 눈가를 축축하게 적지고 있음을 깨달았다.

사면은 고요하다. 검고 무거운 방 안 공기를 미미히(보잘것없이 아주 작게) 울리는 탁온(濁溫)한 내 호흡은 내 몸의 피로를 말하는 듯하다.

저 방에서 똑딱똑딱—하는 주(柱, 기둥) 시계 소리가 들린다. 그 소리 점점 멀리멀리—— 그러나 점점 크게 —— 가엾고 끝없는 으슥한 하늘 저

편으로 가는 듯하다. 나의 마음도 그 소리를 따라 아무 의식 없는 나라로 간다. 그리고 이 육체는 삿자리 틈으로 솔솔 새어서 알지 못할 곳으로 들어가는 줄도 모르게 들어가서 황혼의 석연(夕煙, 저녁연기)처럼 그만 사라지는 줄도 모르게 사라지는 듯하다.

윙윙윙—하는 끊임없이 작은 소리가 그러나 힘 있게 귀에 들리자마자 '으엉' 한 나의 뇌를 아찔하게 울린다. 나는 눈을 번쩍 떴다. 그 소리는 그저 귓속에서 윙—한다.

먹장(먹의 조각)을 갈아 부은 듯 침침한 방, 으슥한 북창 윗머리에는 뒷집 전등 빛이 바지 위를 지나 붉게 비추고 있다.

나는 심장이 팔딱팔딱 뛰노는 가슴에 고요히 놓았던 손을 불끈 쥐고 두 팔을 부지지 펴면서 몸을 비비 틀었다. 그리고 암하고 하품을 하였다.

나는 다시 고요하였다. 사지는 피가 끓는 듯이 지르르하다.

시계는 여전히 똑딱똑딱…….

_1923년 7월 29일 《동아일보》

고독한 산책

시인 말라르메(Stephane Mallarme, 프랑스의 시인으로 베를린, 랭보와 더불어 프랑스 상징주의의 대표자)는 휘파람을 불며 밤거리를 산보(산책)하는 것을 유일한 낙으로 알았다고 한다. 말라르메 같은 시인에 비할 바도 못되지마는, 나는 마음이 울적하고 괴로울 때 홀로 산보하는 것에 적지 않은 취미를 갖고 있다. 어떤 이는 마음이 괴로울 때 담배를 피우고, 혹은 술을 먹어서 그 괴로움을 잊는다지만, 술과 담배를 입에 대지 못하는 나로서는 마음이 고적할 때, 사뭇 지팡이 하나를 끌고 닷자곳자(어떤 일이 행하여지는 바로 그때)로 산보를 나가는 것이다.

나의 산보로──낡은 성벽을 좇아서 청태(푸른 이끼)가 끼고, 늙은 소나무들이 척척 늘어진 외로운 산길을 걷고 있노라면 어쩐지 마음이 유쾌하다. 자금색 황혼이 금붕어 꼬리같이 나무 사이에 어른거리고, 잿빛 비둘기는 소나무 위에서 울고 있다. 그럴 때마다 나는 인간 세상의 모든 구속에서 해방된 듯하다. 이에 내 영혼은 날개를 치며 한 마리 고운 비둘기가 되어 수림(樹林) 속을 헤맨다.

백구야 훨훨 날지 마라, 너 잡을 내가 아니다
성상(聖上)이 버리시니, 나 여기 왔노라

—— 이런 속요와 같이 세상을 알지 못하고 세상에서 패한 나는 언제나 이런 고독한 산보를 즐기며 그 백구와 벗하는 것이다. 그리고 날이 차차 저물고, 포돗빛 밤색이 그 연한 날개로써 삼각산 봉우리를 덮기 시작하면, 온누리는 밤의 향연에 들기 시작하고, 하늘에는 성스러운 별들이 몇 개 그 파란 눈을 반짝이기 시작한다. 이때면 나는 풀 포기에 무릎을 꿇고 두 손을 벌려 하늘을 껴안으며,

"아! 하느님!"

하고 묵도하는 것이다. 그리하여 내 마음이 튼튼하지 못하여 세파에 늘 동요되고, 따라서 자주 비관하는 것을 참회하는 것이다. 그때마다 나는,

"모든 괴로움은 네가 만드는 장난이다."

라는 성 프란시스의 말을 떠올리며 좀 더 강하고, 좀 더 씩씩한 내가 되기를 다짐한다. 그리하여 산길을 유쾌한 듯 다시 걸어오며 휘파람을 부는 것이다.

_1939년 서간집《나의 화환》

산책의 가을

_이 상

여인 유리장 속에 가만히 넣어 둔 간쓰메(통조림), 밀크, 그렇지 구멍을 뚫지 않으면 밀크는 안 나온다. 단홍백 혹은 녹(綠), 이렇게 색색이 칠로 발라 놓은 레테르(라벨)의 아름다움 외에, 그리고 의외로 묵직한 포옹의 즐거움밖에는 없는 법이니, 여기 가을과 공허가 있다.

비 오는 백화점의 적(寂, 고요)! 사람이 없고 백화(百貨)가 내 그림자나 조용히 보존하고 있는 거리에 여인은 희붉은 종아리를 걷어 추켜 연분홍 스커트 밑에 야트막이 묵직이 흔들리는 곡선! 라디오는 점원 대표, 서럽게 애수를 높이 노래하는 가을 스미는 거리에 세상 것 다 버려도 좋으니 단 하나, 가지가지 과일보다 훨씬 맛남 직한 도색(桃色, 복숭아꽃 빛깔) 종아리 고것만은 참 내놓기가 아깝구나.

윈도(유리창) 안의 석고(石膏, 마네킹) — 무사는 수염이 없고, 비너스는 분

안 바른 살갗이 찾을 길 없고, 그리고 그 장황한 자세에 단념이 없는 윈도 안의 석고다.

소다의 맛은 가을이 섞여서 정맥주사처럼 차고, 유니폼 소녀들 허리에 번쩍번쩍하는 깨끗한 밴드, 물방울 떨어지는 유니폼에 벌거벗은 팔목 피부는 포장지보다 정한(맑고 깨끗함) 포장지고, 그리고 유니폼은 피부보다 정한 피부다. 백화점 새 물건 포장—밴드를 끄나풀처럼 꾀어들고 바쁘게 걸어오는 상자 속에는 물건보다도 훨씬훨씬 호기심이 더 들었으리라.

여름은 갔는데 검둥사진은 왜 허물이 안 벗나. 잘된 사진의 간줄간줄한 소녀 마음이 창백한 월광 아래서 감광지에 분 바르는 생각 많은 초저녁.

과일가게는 문이 닫혔다. 유리창 안쪽에 과일 호흡이 어려서는 살짝 향훈(香薰)에 복숭아—비밀도 가렸으니 이제는 아무도 과일 사러 오지는 않으리라. 과일은 마음껏 굴려 보아도 좋고, 덜 익은 수박 같은 주인 머리에 부딪혀 보아도 좋건만, 과일은 연연(然然, 조용함)! 복숭아의 향훈에, 복숭아의 향훈에 복숭아에 바나나에……

인쇄소 속은 죄 좌(左)다. 직공들 얼굴은 모두 거울 속에 있었다. 밥 먹을 때도 일일이 왼손이다. 아마 또 내 눈이 왼손잡이였는지 모르지만, 나는 쉽사리 왼손으로 직공과 악수하였다. 나는 교묘하게 좌(左) 된 지식으로 직공과 회화(서로 이야기를 나눔)하였다. 그들 휴게(휴식)와 대좌하여—그런데 웬일인지 그들의 서술은 우(右)다. 나는 이 방대한 좌와 우의 교차에서 속 거북하게 졸도할 것 같기에 그냥 문밖으로 뛰어나갔더니, 과연 한

발자국 지났을 적에 직공은 일제히 우로 돌아갔다. 그들이 한인(閑人. 한가하고 일이 없는 사람)과 대화하는 것은 꼭 직장 밖에 있는 조건인 것을 알 수 있었다.

청계천 혜벌어진 수채 속으로 비행기에서 광고 삐라, 향국(鄕國)의 동해(童孩, 어린아이)는 거진 삐라같이 삐라를 주우려고 떼 지었다 헤어졌다 지저분하게 흩날린다. 마꾸닝(마크닌. 일본 한 제약회사에서 만든 회충약) 회충 구제. 그러나 한 동해도 그것을 읽을 줄 모른다. 향국의 동해는 죄다 회충이다. 그래서 겨우 수챗구멍에서 노느라고 배 아픈 것을 잊어버린다. 동해의 양친은 쓰레기라서 너희 동해를 내다 버렸는지는 모르지만 빼빼 마른 송사리처럼 통제 없이 왱왱거리며 잘도 논다.

롤러스케이트 장의 요란한 풍경, 라디오 효과처럼 이것은 또 계절의 웬 계절 위조일까. 월색(달빛)이 푸르니 그것은 흡사 교외의 음향! 그런데 롤러스케이트 장은 겨울—이 땀 흘리는 겨울 앞에 서서 찌꺼기 여름은 소름 끼치며 땀 흘린다. 어떻게 저렇게 겨울인 체 잘도 하는 복사 빙판 위에 너희 인간들도 결국 알고 보면 인간모형인지 누구 아느냐.

—1934년 10월 《신동아》

_이 상_

추등잡필(秋燈雜筆)

추석삽화(秋夕揷畵)

1년 365일 그중의 몇 날을 추려 적당히 계절 맞춰 별러서 그날만은 조상을 추억하며 생의 즐거움에서 멀어진 지 오래된 그들 망령을 있다 치고 위로하는 풍속을 아름답다 아니할 수 없으리라.

이것을 굳이 뜻을 붙여 생각하자면, 그날그날의 생의 향락 가운데서 때로는 사(死)의 적막을 가끔 상기해 보며, 그러함으로써 생의 의의를 더 한층 깊이 뜻있게 인식하도록 하는 선인들의 그윽한 의도에서 나온 수법이 아닐까.

이번 추석날 나는 돌아가신 삼촌 산소를 찾았다. 지난 한식날은 비가 와서, 거기다 내 나태가 가하여 삼촌 산소에 가지 못했으니, 이번 추석에는 부디 가보아야겠고, 또 근래 이 삼촌이 지금껏 살아 계셨던들 하는 생각이 문득 드는 적이 많아서 중년에 억울히 가신 삼촌을 한번 추억해 보고도 싶고 한마음에서 나는 미아리행 버스를 타고 나갔던 것이다.

온 산이 희고, 온 산이 곡성(哭聲, 곡소리)으로 하여 은은하다. 소조한 가을 바람에 추초(秋草, 가을철의 푸른 풀)가 나부끼는 가운데 분묘는 5년 전에 비하여 몇 배수나 늘었다. 사람들은 나날이 저렇게들 죽어 가는구나 생각하니 적이 비감하다. 물론 5년 동안에 더 많은 아기가 탄생하였으리라─그러나 그렇게 날로 날로 지상의 사람이 바뀐다는 것도 또한 슬픈 일이 아닌가.

다섯 번 조락(凋落, 초목의 잎 따위가 시들어 떨어짐)과 맹동(萌動, 싹이 틈)을 거듭한 삼촌 산소가 꽤 거친 모양을 바라보고 퍽 슬펐다. 시멘트로 땜질한 석상은 틈이 벌어졌고 친우 일동이 해 세운 석비도 좀 기운 듯싶었다.

분토(墳土, 무덤) 한 곁에 앉은 잠시, 생전의 삼촌 그 준엄하기 짝이 없는 풍모를 추억해 보았다. 그리고 운명하시던 날, 장사 지내던 날, 내 제복 입었던 날들의 일, 이런 다섯 해 전 일들이 내 심안을 쓸쓸히 지나가는 것이었다.

나는 또 비명을 읽어 보았다. 하였으되─

공렴정직 신의우독 公廉正直信義友篤

금란결계 시동우락 金蘭結契矢同憂樂

중세최절 사우함통 中世摧折士友咸慟

한산편석 이표충정 寒山片石以表衷情

삼촌 구우(舊友, 옛 친구. 또는 사귄 지 오래된 친구) K씨의 작(作)으로 내 붓 솜씨다. 오늘 이 친우 일동이 세운 석비 앞에 주과(酒果, 술과 과일)가 없는 석상이 보기에 한없이 쓸쓸하다.

그때 고 이웃 분묘에 사람이 왔다. 중로(中老)의 여인네가 한 분, 젊은 내외인 듯싶은 남녀, 10세 전후의 소학생이 하나, 네 사람이다. 젊은 남정네는 양복을 입었고 젊은 여인네는 구두를 신었다. 중로의 여인네가 보통이를 펴더니 주과를 갖춘 조촐한 제상을 차리는 것이다. 그리고 향을 피우고 잔을 갈아 부으며 네 사람은 절한다. 양복 입은 젊은 내외의 하는 절이 더한층 슬프다. 그리고 교복 입은 소학생의 하는 절은 너무나 애련하다. 중로의 여인네는 호곡(號哭, 소리를 내어 슬피 욺)한다. 호곡하며 일어날 줄을 모른다. 젊은 내외는 소리 없이 몇 번이나 향 피우고 잔 붓고 절하고 하더니 슬쩍 비켜서는 것이다. 소학생도 따라 비켜선다. 비켜서서 그들은 멀리 건너편 북망산을 손가락질도 하면서 잠시 담화하더니 돌아서서 언제까지라도 호곡하려 드는 어머니를 일으킨다. 그러나 좀처럼 일어나려 하지 않는다.

그때 이날만 있는 이 북망산 전속의 걸인이 왔다. 와서 채 제사도 끝나지 않은 제물을 구걸하는 것이다. 그 태도가 마치 제 것을 제가 요구하는 것과 같이 퍽 거만하다. 부처(夫妻, 부부)는 완강히 꾸짖으며 거절한다. 승강이가 잠시 계속된다.

이 광경을 바라보고 앉았는 동안에 내 등 뒤에서 이 또한 중로의 여인네가 한 분 손자인 듯싶은 동자 손을 이끌고 더듬더듬 내려오는 것이었다. 오면서 분묘 말뚝을 하나하나 자세히 조사한다. 필시 영감님의 산소 위치를 작년과도 너무 달라진 이 천지에서 그만 묘연히 잊어버린 것이리라. 이 두 사람은 이윽고 내 앞도 지나쳐 다시 돌아 그 이웃 언덕으로 올라간다. 그래도 좀처럼 여기구나 하고 서지 않는다.

건너편 그 거만한 걸인은, 시비의 무득(無得, 얻는 것이 없음)함을 깨달았던지, 제물을 단념하고 다시 다음 시주를 찾아서 간다.

걸인은 동쪽으로 과부는 서쪽으로—

해는 이미 일반(日半, 정오)을 지났으니 나는 또 삶의 여항(閭巷, 백성의 살림집이 많이 모여 있는 곳)으로 돌아가지 않으면 안 되리라. 코스모스 핀 언덕을 터벅터벅 내려오면서 그 과부는 영감님의 무덤을 찾았을까 걱정하면서 버스 선 곳까지 오니까 모퉁이 목로술집에서는 일장의 싸움이 벌어진 중이었다. 말할 것도 없이 거상(居喪, 상중에 있음) 입은 사람끼리다.

—1936년 10월 14~15일 《매일신보》

구경(求景)

전문(專門, 어떤 분야에 상당한 지식과 경험을 가지고 오직 그 분야만 연구하거나 맡음. 또는 그 분야)한 것이 나는 건축인 관계상 재학 시대에 형무소 견학을 간 일이 더러 있다.

한번은 마포 벽돌 공장을 보러 간 일이 있는데, 그것은 건물을 보러 간 것이 아니라 벽돌 제조의 여러 가지 속을 보러 간 것이니까, 말하자면 건축 재료 제조 실제를 연구하는 한 시간이었다. 그러니까 죄수들의 생활이라든가 혹은 그들의 생활에 건물 구조를 어떻게 적응시켰나를 보러 간 것이 아니고, 다만 한 공장을 보러 간 것에 지나지 않는 것이니까, 직공들은 반드시 죄수들일 필요도 없거니와 또 거기가 하국(何國)의 형무소가 아니어도 좋다. 클래스 전부라야 12명이었는데 그날 간 사람은 겨우 7, 8명에 불과하였다고 기억한다.

옥리(獄吏, 형무소 직원)의 안내를 받아 공장 각 부분을 차례차례 구경하기로 되었다. 구경하기 전에 옥리는 우리에게 부디부디 다음 몇 가지 점에 주의해달라고 일러주는 것이었다. 즉, 담배를 피우지 말 것, 그들에게 무슨 필요로든 절대 말을 건네지 말 것, 그네들의 얼굴을 너무 차근차근히 들여다보지 말 것 등이다. 차례대로 이윽고 견학이 시작되었다. 그러나 나는 처음부터 벽돌 제조 같은 것에는 추호의 흥미도 가지지는 않았다. 죄수들의 생활, 동정의 자태를 볼 수 있다는 것이 이 견학이 나로 하여금 즐겁게 하여 주는 이유의 전부였다. 나는 일부러 끝으로 좀 처지면서 그 똑같이 적토색 복장에 몸을 두르고 깃에다 번호찰(番號札, 번호표)을 붙인 이네들의 모양을 살피기로 하였다. 그런데 과연 아니나 다를까, 그들은 끝없는 증오의 시선을 우리에게 던지는 것이 아니냐? 나는 놀랐다. 가슴이 두근두근해왔다. 그리고 제출물에 겁이 나서 얼굴이 달아 들어오는 것을 어찌하는 수가 없었다. 너무나 똑똑히 불쾌한 표정을 지어 보이는 그들을 나는 차마 바로 쳐다보는 재주가 없었다.

자기의 치욕의 생활의 내면을 혹 치욕이라고까지 하지는 않더라도 결코 남에게 떠벌려 자랑할 것이 못 되는 제 생활의 내면을 어떤 생면부지

사람들에게 막부득이 구경시키지 않으면 안 되는 것을 누구나 다 싫어하리라. 앙불괴어천 부불작어인(仰不愧於天俯不怍人,《맹자》에 나오는 말로 '우러러보아 하늘에 부끄럽지 않고, 굽어보아 사람에게 부끄럽지 않는 것'이란 뜻) ── 이런 심경에서 사는 사람이라도 그런 일 점의 흐린 구름이 지지 않은 생활을, 남이 그야말로 구경거리로 알고 보려 달려들 때는 적이 불쾌할 것이다. 황차(況且, 하물며) 죄수들이 자기네의 치욕적 생활을 백일 아래서 여지없이 구경거리로 어떤 몇 사람 앞에 내놓지 않으면 안 되는 경우에 그들의 심통함이 또한 복역의 괴로움보다 오히려 배대(倍大, 더욱 큼)할 것이다.

소록도의 나원(癩院, 나환자 시설)을 보고 온 이의 이야기를 들으면 아무리 석존(석가세존. '석가모니'를 높여 이르는 말) 같은 자비스러운 얼굴을 한 사람이 내도(來到, 어떤 지점에 와서 닿음)하여도 그들은 그저 무한한 증오의 눈초리로 맞이할 줄밖에 모른다 한다. 코가 떨어지고 수족이 망가진 자기네 추악한 군상을 사실 동류 이하의 어떤 사람에게도 보이기 싫을 것이다. 듣자니 그네들끼리는 희희낙락하기도 하며 때로는 연애까지도 할 듯싶은 일이 다 있다 한다. 형무소 죄수들도 내가 본 대로는 의외로 활발하게 오히려 생활난에 쪼들려 헐떡헐떡하는 사바의 노역꾼들보다도 즐거울 듯이 일하고 있는 것이었다. 다만, 그러면서도 남의 어떤 눈도 싫어하는 까닭은 말하자면 대등의 지위를 떠난 연한(憐恨, 불쌍하게 여기는 마음), 모멸, 동정, 기자(忌恣, 샘이 많고 제멋대로임), 이런 것을 혐오하는 인정 본연의 발로와 다름없는 것이 아닐까 한다.

가량(假量, 어림짐작함), 천형병(天刑炳, 하늘이 내리는 큰 벌과 같은 병)의 병원(病源,

병이 생긴 근본적인 원인)을 근절코자 할진대, 보는 족족 이 병 환자는 살육해 버려야 할는지도 모르지만 기왕 끔찍한 인정을 발휘해서 그들을 보호하는 바에는 될 수 있는 대로 그들의 심정을 거슬려 주어서는 안 될 것이다. 그러하다면 그들이 제일 싫어하는 '구경'을 절대로 금해야 할 것이다. 형무소 같은 것은 성(盛)히 구경시켜서 죄과를 미연에 방지하는 것이 좋지 나 않을까 하는 생각이 들기도 하지만, 좀처럼 구경을 잘 시키지 않는 것은 역시 죄수 그들의 심정을 건드리지 않도록 하는 깊은 용의에서가 아닌가 한다.

_1936년 10월 16일 《매일신보》

예의(禮儀)

걸핏하면 끽다점(喫茶店, 다방)에 가 앉아서 무슨 맛인지 알 수 없는 차를 마시고 또 우리 전통에서는 무던히 먼 음악을 듣고 그리고 언제까지라도 우두커니 머물러 있는 취미를 업신여기리라. 그러나 전기기관차의 미끈한 선, 강철과 유리, 건물 구성, 예각, 이러한 데서 미를 발견할 줄 아는 세기의 인(人)에게 있어서는 다방의 일게(一憩, 휴식)가 신선한 도락이요, 우아한 예의가 아닐 수 없다.

생활이라는 중압은 늘 훤조(喧噪, 시끄럽게 지껄이며 떠듦)하며 인간의 부드러운 정서를 억누르려 드는 것이다. 더욱이 현대라는 데 깃들이는 사람들은 이 중압을 한층 더 확실히 감지하지 않을 수 없다. 어디를 보아도 교착된 강철과 거암(巨巖, 큰 바위)과 같은 콘크리트 벽이 숨찬 억압 가운데 자칫하면 거칠기 쉬운 심정을 조용히 쉴 수 있도록, 그렇게 알맞은 한 개의 의자와 한 개의 테이블이 있다면 어찌 촌가(寸暇, 얼마 안 되는 짧은 겨를)를 에어내어 발길이 그리로 옮겨지지 않을 것인가. 가(加)하기를 한 잔의 따뜻한 차와 가연(街蜒, 거리의 움직임)의 훤조한 잡음에 바뀌는 아름다운 음악이 있다면 그 심령들의 위안됨이 더한층 족하다고 하지 않으리오.

그가 제철공장의 직인이건, 그가 외과 의실의 집도의건, 그가 교통정리 경찰이건, 그가 법정의 논고인(論告人, 검사)이건, 그가 하잘것없는 일고용인(日雇庸人, 날품팔이)이건, 그가 천만장자의 외독자이건, 묻지 않는다. 그런 구구한 간판은 네온사인이 달린 다방 문간에 다 내려놓고 들어가는 것이다. 그곳에서는 다 같이 심정의 회유(懷柔, 어루만지어 달램)를 기원하는 티 없는 '사람'의 하나가 되는 것이다. 그러기에 이곳에서는 누구나 다 겸손하다. 그리고 다 같이 부드러운 표정을 하는 것이다. 신사는 다 조신하게 차를 마시고 숙녀는 다 다소곳이 음악을 즐긴다.

거기는 오직 평화가 있고 불성문(不成文, 글자로 써서 나타내지 아니함)의 정연하고도 우아 담박한 예의 준칙이 있는 것이다. 결코, 이웃 좌석에는 들리지 않을 만큼 그만큼 낮은 목소리로 담화한다. 직업을 떠나서, 투쟁을 떠나서 여기서 바뀌는 담화는 전면(纏綿, 실이나 노끈 따위가 친친 뒤엉킴)한 정서를 풀 수 있는 그런 그윽한 화제리라.

다 같이 입을 다물고, 눈을 홉뜨지 않고 슈베르트나 쇼팽을 듣는다. 그때 육중한 구두로 마룻바닥을 건드리며 장단을 맞춘다거나, 익숙한 곡조라 하여 휘파람으로 합주를 한다거나 해서는 아주 못쓴다. 왜? 그렇게 하는 것은 이곳의 불성문인 예의를 깨뜨림이 지극히 큰 고로.

나는 그날 밤에도 몸을 스미는 추냉(秋冷, 가을의 찬 기운)을 지닌 채 거리를 걸었다. 천심에 달이 교교하여(皎皎——, 달이 매우 맑고 밝음) 일보 일보가 적이 무겁고 또한 황막하여 슬펐다. 까닭 모를 애수 고독이 불현듯이 인간다운 훈훈한 호흡을 연모하게 하는 것이었다. 나는 달빛을 등지고 늘 드나드는 한 다방으로 들어섰다.

양 3인씩의 남녀가 벌써 다정해 보이는 따뜻한 한 잔씩의 차를 앞에 놓고 때마침 사운드박스에서 울리는 현악중주의 명곡을 즐기고 있는 것이 아닌가.

나도 또한 신사답게 삼가는 보조로 그들 가운데 한 자리를 차지하고 그리고 차와 음악을 즐기기로 하였다.

5분, 10분, 20분, 이 적당한 휴게가 냉화하려 들던 내 혈관의 피를 얼마간 덥혀주기 시작하는 즈음에—

문이 요란히 열리며 4, 5인의 취한이 고성 질타하면서 폭풍과 같이 침입하였다. 그들은 한복판, 그중 번듯한 좌석에 어지러이 자리를 잡더니 차를 청하여 수선스러이 마시며 방약무인하게 방가(放歌, 높은 목소리로 노래 부름)하는 것이었다. 그 바람에 음악은 간곳없고, 예의도 간곳없고 그들의 추외(醜猥, 외람되고 듣기 싫음)한 성향(聲響, 소리의 울림)이 실내를 흔들 뿐이다.

내 심정은 다시 거칠어 들어갔다. 몸부림하려 드는 내 서글픈 심정을 나 자신이 이기기 어려웠다. 나는 1초라도 바삐 이곳을 떠나고 싶어서 자리를 걷어차고 일어나서 문간으로 나가려 하는 즈음에—

이번에는 유두백면(油頭白面, 머리에 기름을 바르고 얼굴이 희고 고움)의 일장한(一壯漢, 허우대가 크고 힘이 세찬 남자)이 사자만이나 한 셰퍼드를 한마리 끌고 들어오는 것이 아닌가. 나는 대경실색하여 뒤로 물러서면서 보자니까, 그 개는 그 육중한 꼬리를 흔들흔들 흔들며 이 좌석 저 좌석의 객을 두루두루 코로 맡아보는 것이다.

그때 취한 중의 한 사람이 마시다 남은 차를 이 무례한 개를 향하여 끼얹었다. 개는 질겁하여 뒤로 물러서더니, 그 산이 울고 골짜기가 무너질 것 같은 크나큰 목소리로 이 취한을 향하여 짖어 대는 것이었다.

나는 창황히(미처 어찌할 사이 없이 매우 급작스럽게) 찻값을 치르고 그곳을 나와 보도를 디뎠다. 걸으면서도 그 예술의 전당에서 울려 나오는 해괴한 견폐성(犬吠聲, 개 짖는 소리)을 한참이나 등 뒤에서 들을 수 있었다.

—1936년 10월 21일 《매일신보》

기여(寄與)

그다지 명예롭지 못한 그러나 생각해보면 또 그렇게까지 불명예라고까지 할 것도 없는 질환을 가지고 어떤 학부 부속병원에를 갔다. 진찰이 끝나고 인제 치료를 시작하려 그 그리 보기 좋지 않은 베드 위에 올라 누웠다. 그랬더니 난데없이 수십 명의 흑장속(黑裝束, 검은 옷을 입은 무리)의 장정 일단이 우—틈입하여서는 내 침상을 둘러싸는 것이다. 말할 것도 없이 이 학부 재학의 학생들이요, 이것은 임상강의 시간임이 틀림없다. 손에는 각각 노트를 들었고, 시선을 내 환부인 한 점에 집중시키고 있는 것이다. 의사, 즉 교수는 서서히 입을 열어 용의주도하게 내 치료받고자 하는 개소(個所, 여러 곳 가운데 한 곳)를 주무르면서 유창한 어조로 강의를 개시하는 것이 아닌가. 이것은 나에게 있어서 참으로 천만의 외의 일일 뿐 아니라 정말로 불쾌하기 짝이 없는 봉변일 수밖에 없는 일이다.

그들은 대체 누구의 허락을 얻어 나를 실험동물로 사용하는 것인가. 옆구리에 종기 하나가 나도 그것을 남에게 내보이는 것이 불쾌하겠거늘, 아픈 탓으로 치부를 내보이지 않으면 안 되는 그 자그마한 기회를 타서 밑천 들이지 않고 그들의 실험동물을 얻고자 꾀하는 것일 것이니, 치료를 받기 위해서는 반드시 이런 굴욕을 받아야만 된다는 제도라면 사차불피(辭此不避, 사양하거나 피할 수 없음)일 것이나, 그렇다 하더라도 이 변만은 어디까지든지 불쾌한 일이다.

의학의 진보 발달을 위하여 노구치 박사는 황열병에 넘어지기까지도 하였고, 또 최근 어떤 학자는 호열자(괴질) 균을 스스로 삼켰다 한다. 이와 같은 예에 비긴다면 치부를 잠시 학생들에게 구경시켰다는 것쯤 심술부릴 거리조차 못 될 것이다. 차라리 잠시의 아픔과 부끄러움을 참았다는 것이 진격한 연구의 한 도움이 된 것을 광영(영광)으로 알아야 할 것이요, 기뻐하여야 할 것이다.

그러나 또 생각해보면 사람은 누구나 다 반드시 이렇게 실험동물로 제공되어야 할 책임이 있다는 것은 아니리라. 환부를 내어 보이는 것은 어느 사람에게 있어서도 유쾌치 못한 일일 것이다. 의학만이 홀로 문화의 발달 향상을 짊어진 것은 아니겠고, 이 사회에서 생활을 향유하는 이치고는 누구나 적든 많든 문화를 담당하는 일원임이 틀림없다. 허락 없이 의학의 연구재료로 제공될 그런 호락호락한 몸은 하나도 없을 것이다. 그렇다면 의사는, 교수는, 박사는, 그가 어떤 종류의 미미한 인간에 불과한 경우일지라도 반드시 그의 감정을 존중히 하여 일언 간곡한 청탁의 말이 있어야 할 것이요, 일언 승낙의 말이 있는 다음에야 교재로 사용할 수 있을 것이겠다.

요(要)는 이런 종류의 기여를 흔연히 하게 하는 새로운 도덕관념의 수립과 새로운 감정 관습의 보급에 있을 것이다.

어떤 해부학자는 자기의 유해를 담임하던 교실에 기부할 뜻을 유언하였다 한다. 그의 제자들이 차마 그 스승의 유해에 해부도(解剖刀)를 대기 어려웠을 줄 안다.

또 어떤 학술적인 전람회에서 사형수의 두개골을 여러 조각에 조각조각 켜놓은 것을 본 일이 있다. 얼른 생각에 사형수 같은 인류의 해독을 좀 가혹히 짓주물렀기로니 차라리 그래 싼 일이지, 이렇게도 생각이 되지만, 또 한편으로 생각해보면 혼백이 이미 승천해버린 유해에는 죄가 없는 것일 것이니, 같이 사람대접으로 취급하는 것이 지당한 일일 것이 아닐까. 또한 본인의 한마디 승낙하는 유언을 얻어야 할 것이요, 그렇지 않으면 통상의 예를 갖추어 주어야 옳으리라.

나환인을 위하여 — 첫째 격리가 목적이겠으나 — 지상의 낙원을 꾸며 놓았어도 소록도에서는 탈출하는 일이 빈빈(頻頻)히 있다 한다.

만일 그런 감정이나 도덕의 새로운 관념이 보급된다면 사형수는 의례

히(으레) 해부를 유언할 것이요, 나환자는 자진하여 소록도로 갈 것이다.

"내 치부에 이러이러한 질환이 발생하였는데 일찍이 듣지도 보지도 못한 듯하오니, 아무쪼록 여러 학자와 학생들이 모여 연구해주시기 바랍니다."

하고 나서는 기특한 인사가 출현할는지도 마치 모른다. 그렇다면 여러 학생 앞에 치부를 노출시키는 영광을 얻기에 경쟁을 하는 고마운 세월이 올는지도 또 미처 모르는 것이요, 오기만 한다면 진실로 희대의 기관(奇觀, 기이한 광경)일 것이나 인류 문화의 향상 발달에 기여하는 바만은 오늘에 비하여 훨씬 클 것이다.

_1936년 10월 22일 《매일신보》

실수(失手)

몇 해 전까지도 동경 역두(역 앞)에는 릭샤(Rickshaw) ─ 즉, 인력거가 있었다 한다. 외국 관광단을 실은 호화선이 와 닿으면 제국호텔을 향하는 어마어마한 인력거의 행렬을 볼 수 있었다 한다. 그들 원래(遠來, 먼 곳에서 옴)의 이방인들을 접대하는 갸륵한 예의리라.

그러나 오늘 그 '달러'를 헤뜨리고 가는 귀중한 손님을 맞이하는데 인력거는 폐지되었고 통속적인, 그들에게 있어서는 너무나 통속적인 자동차로 한다고 한다.

이것은 원래의 진객(珍客, 귀한 손님)을 접대하는 주인으로서의 갸륵한 위신을 지키는 심려에서이리라.

그러나 그 코 높은 인종을 모시는 인력거는 이 나라에서 아주 없어진 것이 아니다. 아닐 뿐만 아니라 아직도 너무 많다.

수일 전 본정(本町, 지금의 서울 중구 충무로) 좁고도 복작복작하는 거리를 관류하는 세 채의 인력거를 목도하였다. 말할 것도 없이 백인의 중년 부부를 실은 인력거와 모 호텔 전속의 안내인을 실은 인력거다. 그들은 우리 시민이 정히(진정으로 꼭) 못 알아들을 수밖에 없는 국어로 지껄이며 간혹 조소 비슷이 웃기도 하고 손에 쥔 단장을 들어 어느 방향을 가리키기도 한다. 자못 호기에 그득 찬 표정이었다.

과문(寡聞, 보고 들은 것이 적음)에 의하면, 저쪽 의례 준칙으로는 이 손가락질하는 버릇은 크나큰 실례라 한다. 하면 세계 만유(漫遊, 한가로이 이곳저곳을 두루 다니며 구경하고 놂)를 하옵시는 거룩한 신분의 인사니 필시 신사리라.

그러하면 이 젠틀맨 및 레디는 인력거 위에 앉아서 이 낯선 거리와 시민들에게 서슴지 않고 실례를 하는 모양이다.

'이까짓 데서는 예를 갖추지 않아도 좋다' 하는 애초부터의 괘씸한 배짱임이 틀림없다.

일순 나는 말할 수 없는 불쾌한 감정에 사로잡혀 마음대로 하라면 위선 다소곳이 그 인력거의 채를 잡고 있는 차부를 난타한 다음 그 무뢰한 의 부부를 완력으로 징계하여 주고 싶었다.

그러나 또 생각해보면 그들은 내가 채 알지 못 하는 바 세계적 지리학자거나 고현학자(考現學者, 현대의 사회와 풍속 등을 연구하는 학자)인지도 모른다. 그렇지 않은 단지 일개 평범한 만유객에 지나지 않는다 하더라도 그들은 적지 않은 달러를 이 땅에 널어놓고 갈 것이요, 고국에 이 땅의 풍광과 민속을 소개할 것이다. 어쨌든 이들은 족히 진중히 접대하여야만 할 손님임이 틀림없다.

그렇다면?

내가 이들을 징계하였다는 것이 도리어 내 고향을 욕되게 하는 것이리라. 그렇건만—

그때 느낀 그 불쾌한 감정은 조금도 사라지지 않는다.

아무쪼록 많은 수효의 외국 관광단을 유치하는 것은 우리 이 땅의 주인 된 임무일 것이며 내방한 그들을 겸손하고도 친절한 예의로 접대하여서 그들로 하여금 이 땅 이 백성들의 인상을 끝끝내 좋도록 하는 것 또한 지켜야 할 임무일 것이다.

그러나 겸손을 지나쳐 그들의 오만과 모멸을 용납할 수 없다. 이것을 법 없이 감수하는 것은 위에서 말한 주인으로서의 임무에도 배치되는 바 크다.

이 땅에 있는 것을 그들에게 구경시켜주는 것은 결코 동물원의 곰이나 말승냥이(늑대)가 제 몸뚱이를 구경시키는 심사와는 다르다. 어디까지든지 그들만 못하지 않은 곳. 그들에게 없는, 그들보다 나은 곳을 소개하고 자랑하자는 것일 것이거늘—

인력거 위에 앉아서 단장 끝으로 손가락질을 하는 그들의 태도는 확실히 동물원 구경에 근사한 태도요, 따라서 무례요, 더없는 굴욕이다.

국가는 마땅히 법규로써 그들에게 어떠한 산간벽지에서라도 인력거를 타지 못하도록 취체(取締, 규칙이나 법령, 명령 따위를 지키도록 통제함)하여야 할 것이다.

그들이 부두, 역두에 닿았을 때 직접 간접으로 이 땅의 위신을 제시하여 놓아야 할 것이다. 그것을 위선 인력거로 실어 숙소로 모신다는 것은 해괴망측하기가 짝이 없는 일이다. 동경뿐만 아니라 서울 거리에서도 이 괘씸한 인력거의 행렬을 보지 않게 되어야 옳을 것이 아닌가.

연전에 나는 어느 공원에서 어떤 백인이 한 걸식에게 50전 은화를 시여(施與, 남에게 물건을 거저 줌)한 다음 카메라를 희롱하는 것을 지나가던 일위 무골청년(武骨靑年)이 보고 구타하는 것을 목도한 일이 있다. 이 청년 역 향토를 아끼는 갸륵한 자존심에서 우러난 행동이었음이 틀림없으리라. 그러나 이것은 그 이방인은 어찌 되었던 잘못된 일일 것이니 투어리스트 뷰로(Tourist Bureau, 여행사)는 한낱 관광단 유치에만 부심할(애쓸) 것이 아니라 이런 실수가 미연에 방지되도록 안으로서의 차림차림에도 유의하는 바가 있어야 할 것이다.

_1936년 10월 27~28일 《매일신보》

이효석

근대 한국 순수문학을 대표하는 소설가. 1928년 《조선지광》에 단편 〈도시와 유령〉을 발표하면서 등단하였다. 한국 단편문학의 전형적인 수작이라고 할 수 있는 〈메밀꽃 필 무렵〉을 썼다. 장편 《화분》 등을 통해 성(性) 본능과 개방을 추구한 새로운 작품 및 서구적인 분위기를 풍기는 작품으로 주목받았다.

노자영

《백조》 창간 동인으로서 작품활동을 시작하였고, 잡지 《신인문학》을 창간한 후진 양성에도 힘썼다. 특히 시와 수필에 있어서 소녀적인 센티멘털리즘으로 일관하여 자신의 시에 '수필시'라는 특이한 명칭을 붙이기도 하였다. 주요 작품으로 시집 《처녀의 화환》을 비롯해 서간집 《나의 화환》 등이 있다.

방정환

최초의 순수 아동잡지 《어린이》를 창간하고, 1921년 '어린이'라는 단어를 공식화했으며, 1923년 5월 1일 한국 최초의 어린이날을 만들었다. 이후 '세계아동예술전람회'와 '구연동화회'를 만드는 등 아동문학가 및 사회운동가로 활동했다. 주요 작품으로 《사랑의 선물》과 사후에 발간된 《소파전집》 등이 있다.

채만식

민족이 처한 현실을 풍자적이고 해학적으로 표현해 풍자소설의 대가로 불린다. 계급적 관념의 현실 인식 감각과 전래의 구전문학 형식을 오늘에 되살리는 특유한 진술 형식을 창조했다. 주요 작품으로 단편 〈레디메이드 인생〉과 〈태평천하〉를 비롯해 장편 《탁류》 등이 있다.

최서해

신경향파의 대표적 소설가. 몇 명의 엘리트의 눈으로 바라본 일부의 삶이 아닌 실제 체험을 통한 대다수 극빈층의 생활상을 날카롭게 표현해 그들의 울분과 서러움을 적나라하게 드러내고 있다. 이에 그의 문학을 '체험문학', '빈궁문학'이라고 일컫는다. 주요 작품으로 〈탈출기〉, 〈홍염〉 등이 있다.

계용묵

단편 〈상환〉을 《조선문단》에 발표하면서 문단에 등장했다. 〈최서방〉, 〈인두지주〉 등 현실적이고 경향적인 작품을 발표했으나 이후 약 10여 년 간 절필하였다. 《조선문단》에 인간의 애욕과 물욕을 그린 〈백치 아다다〉를 발표하면서부터 순수문학을 지향하는 일관된 작품 경향을 유지했다.

이육사

일제 강점기에 끝까지 민족의 양심을 지키며 죽음으로써 일제에 항거한 시인. 1927년 조선은행 대구 지점 폭파사건에 연루되어 3년간 옥고를 치렀다. 그때의 수인번호 264를 따서 호를 '육사'라고 지었다. 〈청포도〉, 〈교목〉과 같은 작품들을 통해 목가적이면서도 웅혼한 필치로 민족의 의지를 노래했다.

김상용

〈남으로 창을 내겠소〉로 잘 알려진 시인. 8·15 광복 후 미 군정에 의해 강원도 도지사에 임명되었으나 며칠 만에 사임하고 이화여자대학교 교수로 복귀 후 미국으로 건너가 보스턴대학에서 영문학을 연구하고 돌아왔다. 주요 작품으로 〈그러나 거문고의 줄은 없고나〉, 〈남으로 창을 내겠소〉 등이 있다.

김기림

한국 모더니즘을 대표하는 시인이자 평론가. 주지주의 문학을 국내에 소개하는 데 앞장섰다. 특히 이상, 백석, 정지용 등은 그의 평론으로 인해 이름을 널리 알리게 되었으며, 그중 이상과는 사이가 각별했던 것으로 알려져 있다. 주요 작품으로 시집 《기상도》와 《태양의 풍속》, 평론집 《문학개론》 등이 있다.

이태준

근대를 대표하는 단편소설 작가. 특히 단편소설의 서정성을 높여 예술적 완성도와 깊이를 높였다는 평가를 받고 있다. 구인회에 가담하였고, 이화여전 강사와 《조선중앙일보》 학예부장 등을 역임하였다. 주요 작품으로 수필집 《무서록》과 문장론 《문장강화》 및 다수의 소설이 있다.

김용준

문·사·철(文史哲)을 겸비한 화가·미술평론가·미술사학자·수필가로서 광복 전후 한국의 신세대 화단을 주도하면서 날카로운 비평으로 한국 미술사에 크게 이바지하였을 뿐만 아니라 한국 수필문학에도 많은 영향을 끼쳤다. 특히 수필집 《근원수필》은 '한국수필문학의 백미'라는 평가를 받고 있다.

김유정

1935년 소설 〈소낙비〉가 《조선일보》 신춘문예에, 〈노다지〉가 《중외일보》에 각각 당선되며 문단에 데뷔하였다. 일제 강점기의 혹독한 현실 속에서 해학을 통해 어둡고 삭막한 농촌 현실과 농민들의 곤궁한 삶을 담은 작품을 다수 남겼다. 〈봄봄〉, 〈금 따는 콩밭〉, 〈동백꽃〉 30편에 가까운 작품을 발표했다.

박용철

잡지 《시문학》을 창간한 시인. 대표작으로 〈떠나가는 배〉, 〈밤 기차에 그대를 보내고〉 등이 있으며, 다수의 시와 희곡을 번역하였다. 비평가로서 활약하기도 하였다. 계급문학의 이데올로기와 모더니즘의 경박한 기교에 반발하며 문학의 순수성 추구를 표방했다.

김남천

카프 해소파의 주도적 역할을 하였고 사회주의 리얼리즘 논쟁에 대해서 러시아의 현실과는 다른 한국의 특수상황에 대한 고찰을 꾀해 모럴론·고발문학론·관찰문학론 및 발자크 문학연구에까지 이르는 일련의 '리얼리즘론'을 전개하였다. 대표작으로 장편 〈대하〉, 중편 〈맥〉 등이 있다.

윤동주

어둡고 가난한 현실 속에서 인간의 삶과 고뇌를 사색하고, 일본에 고통받는 조국의 현실을 가슴 아프게 생각했던 민족시인. 독립운동 혐의로 체포되어 복역 중 의문사했다. 주요 작품으로 〈서시〉, 〈별 헤는 밤〉, 〈자화상〉 등이 있으며, 사후 《하늘과 바람과 별과 시》라는 제목으로 시집이 발간되었다.

노천명

이화여전 재학 중 시 〈밤의 찬미〉, 〈포구의 밤〉 등을 발표하였고, 그 후 〈눈 오는 밤〉, 〈사슴처럼〉, 〈망향〉 등 주로 애틋한 향수를 노래한 시를 발표하였다. 널리 애송된 대표작 〈사슴〉으로 인해 '사슴의 시인'으로 불린다. 주요 작품으로 시집 《산호림》과 《별을 쳐다보며》, 수필집 《산딸기》 등이 있다.

이 상

현대 문학을 논할 때 결코 빼놓을 수 없는 시인이자, 소설가, 수필가, 모더니즘 운동의 기수. 건축가로 일하면서 수많은 작품을 발표하였으며, 전위적이고 해체적인 글쓰기로 한국 모더니즘 문학사를 개척하였다. 주요 작품으로 소설 〈날개〉를 비롯해 시 〈거울〉, 〈오감도〉 등 수많은 작품이 있다.

인생은
늙어가는 것이 아니라 익어가는 것

초판 1쇄 인쇄 2017년 11월 10일
초판 1쇄 발행 2017년 11월 17일

엮은이 성재림
발행인 임채성
디자인 산타클로스

펴낸곳 도서출판 루이앤휴잇
주 소 서울시 양천구 목동 923-14 드림타워 제10층 1010호
전 화 070-4121-6304　　　　**팩 스** 02)332-6306
메 일 pacemaker386@gmail.com
블로그 http://blog.naver.com/asra21
포스트 http://post.naver.com/my.nhn?memberNo=6626924

출판등록 2011년 8월 30일(신고번호 제313-2011-244호)

종이책 ISBN 979-11-86273-43-2　　03810
전자책 ISBN 979-11-86273-44-9　　05810